Karl Ewald

Streiflichter

Ein Skizzenbuch

CLASSIC PAGES

Ewald, Karl

Streiflichter
Ein Skizzenbuch

Reihe: *classic pages*

ISBN: 978-3-86741-549-1

Auflage: 1
Erscheinungsjahr: 2010
Erscheinungsort: Bremen, Deutschland

© Europäischer Hochschulverlag GmbH & Co KG, Fahrenheitstr. 1, 28359 Bremen (www.eh-verlag.de). Alle Rechte beim Verlag und bei den jeweiligen Lizenzgebern.

Inhalt

Einleitung	5
Offener Brief an den Vagabunden Peter Ferdinandsen	7
Meine Stiefel	10
Ein Verbrecher	13
Offizielles	14
Hunger	16
Zwei Welten	17
Jugend	19
Krank	20
Landestrauer	22
Allianz	26
Kaisergabe	28
Ein Rüffel	29
Ein Anarchist	31
Frühling	32
Einer von Hunderttausend	34
Proletarier	36
Plauderei	40
Etatsrat Petersen.	43
Der Arzt	45
Reiseskizzen aus Hamburg	47
In Smaaland	51
Der Vorhang fiel – –	55
Das Übernatürliche	56
Es blasen …	59
Eine kleine Geschichte	61
Lügen	64
Blut	65
Kinder	68

Das Schlimmste	70
Andacht	71
Ein Geschäftsmann	73
Die kleine Hanne	75
Vorbei	77
Betrug	78
Weltuntergang	80
Sonntagsschule	83

Einleitung

Karl Ewald wurde am 15. Oktober 1856 in Bredelykke (Schleswig) als Sohn des Romanschriftstellers H. F. Ewald geboren. Nach Absolvierung des Gymnasiums studierte er auf der Kopenhagener Universität Philosophie und Naturkunde, war ein Jahr Hauslehrer und begann dann, sich auf der landwirtschaftlichen Hochschule mit Forstwissenschaft zu beschäftigen. Krankheit zwang ihn, sein Studium abzubrechen, und nach seiner Genesung war er als Lehrer und Leiter einer Knabenschule tätig. Von 1883 an lebte er als freier Schriftsteller und Journalist, nachdem er schon im Jahre vorher durch das erste Heft seiner naturgeschichtlichen Märchen die Aufmerksamkeit weiter Kreise auf sich gelenkt hatte. In rascher Folge schuf er dann seine zahlreichen Tier- und Pflanzengeschichten, (vgl. Nr. 4699 der Universal-Bibl.), ferner Novellen, moderne und historische Romane, Lustspiele und satirische Skizzen. Er starb am 23. Februar 1908.

Neben jenen Tier- und Pflanzenmärchen, in denen sich uns das geheime Leben und Weben der Natur und mancher tragikomische Kampf offenbart, und in denen der Dichter uns mit der Natur lachen lehrt, sind als Ewalds Hauptwerke zu nennen: die beiden modernen Erziehungsbücher »Mein kleiner Junge« und »Mein großes Mädel« (deutsch bei A. Langen) sowie die geschichtliche Erzählung »Der Kinderkreuzzug«. Ferner stehen mit an erster Stelle die »Skizzen«, von denen das vorliegende Bändchen zum ersten Mal eine Auswahl der besten darbietet. Diese knappen Prosastücke sind in ihrer schlichten Form und Sprache etwas ganz Eigenartiges in der skandinavischen Literatur. Stehen sie dichterisch auch nicht alle auf gleicher Höhe, so ist ihnen allen doch gemeinsam das unmittelbare Lebensgefühl und der klare, feste Blick des warmherzigen Poeten. Sie erheben nicht den Anspruch, neben die Prosagedichte eines Turgenjew gestellt zu werden. Geboren aus der Unrast des Tages, wollen sie zum Teil nichts sein als weckende, mahnende Streiflichter, und doch haftet ihnen nichts an von dem Gepräge eines gangbaren Feuilletonismus. Es sind die Gaben eines echten Dichtergeistes.

Am wertvollsten sind die sozialen Skizzen, in denen Ewald ohne alle Pose, in frohgemuter Unabhängigkeit gegen Vorurteil und Lüge in jeglicher Gestalt zu Felde zieht. Der Dichter kämpft hier mit den Waffen launiger Ironie, frischen Humors und, wo es nottut, scharfen Hohnes. Den Armen und Entrechteten gilt seine Liebe, und immer wieder kommt sein unbeirrbarer Glaube an die soziale Evolution zum Durchbruch. Der Brief an den Mörder vergleicht den in Ordnung und Wohlleben aufwachsenden Sprössling der »besseren« Kreise mit dem von klein auf körperlich und seelisch darbenden Proletarier. In einer zu Herzen gehenden künstlerischen Form zeigt der Dichter, mit wie ungleichen Waffen der Daseinskampf ausgefochten wird. Andere Skizzen behandeln Fragen der allgemeinen Kultur. Es folgen kleine Geschichten und Parabeln, unscheinbare und doch inhaltsreiche Erlebnisse, Genrebildchen voll Licht und Farbe, Bleistiftzeichnungen, satirische Plaudereien. Daran schließen sich die Skizzen, die der Welt der Kinder und der Erziehung gewidmet sind. Gerade in der Seele des Kindes weiß Ewald zu lesen wie wenige. Arbeiten wie »Kinder«, »Andacht«, »Blut«, »Ein Geschäftsmann« sind Kabinettstücke in ihrer Art.

Dieses Bändchen gibt gewissermaßen einen Extrakt des Ewaldschen Schaffens und damit einen Eindruck von dem *ganzen* Karl Ewald, dem aufrechten Menschen und dem vielseitigen, fein empfindenden Künstler.

Steglitz, im August 1913.
Hermann Riy.

Offener Brief an den Vagabunden Peter Ferdinandsen

Mein lieber Jugendfreund und Spielkamerad!

Ich habe neulich in der Zeitung gelesen, dass Du zu lebenslänglichem Zuchthaus verurteilt worden bist. Du kannst dir gar nicht denken, wie tiefen Eindruck das auf mich gemacht hat. Vielleicht hast Du mich auch ganz vergessen. Aber ich erinnere mich deutlich an Dich, weil wir ja zusammen als Kinder gespielt haben, denn Du warst in jeder Hinsicht ein besserer Junge als ich, und ich beneidete Dich unaufhörlich.

Ich wohnte im Vorderhause, Du unter dem Dach im Hinterhause. Ich hatte meine Eltern und Geschwister, meine guten Kleider, meine gute Schule und mein gutes Essen. Deine Mutter hatte keinen Vater für Dich und mitunter auch kein Essen. Sie sah so schlimm aus. Ich glaube, sie trank. Es war ja auch nicht schön, immer dazusitzen und zu nähen und zu hungern.

Weißt Du noch, wie der Zirkus in der Stadt war, und wie wir verabredeten, dass jeder eine Krone stehlen sollte, um hineinzukommen.

Ich bestahl meinen Vater und Du den Krämer, bei dem Du Laufjunge warst. Mein Verbrechen war das schlimmere, denn mein Vater war gut zu mir, und ich hatte viele Vergnügungen und hätte die Krone wohl bekommen, wenn ich darum gebeten hätte; während der Krämer Dich prügelte und Du nie im Zirkus oder bei sonst einem Vergnügen gewesen warst.

Man entdeckte uns. Ich bekam Schelte und liebevolle Ermahnungen und Taschengeld, damit ich ein andermal nicht wieder in Versuchung kommen sollte. Du aber wurdest vom Krämer halb zuschanden geschlagen und aus dem Dienst gejagt; dann schlug Deine Mutter Dich, bis sie nicht mehr konnte, und drohte Dir mit der Polizei. Und mein Vater verbot mir, mit dir zu verkehren. Wir sahen uns natürlich trotzdem, denn ich liebte Dich. Du warst so klug und so tüchtig. Du warst solch ein guter Kamerad und hattest eine so leichte Hand. Du schlugst nie die, die kleiner waren als Du; und wenn ich Dir einen Apfel gab, teiltest Du ihn immer mit Deiner kleinen Schwester, die einen andern Vater als Du hatte und doch keinen Vater.

Dann passierte etwas mit Dir in der Schule, und Du wurdest streng bestraft und von dem Tage an von allen Lehrern für unverbesserlich gehalten. Es passierte auch etwas mit mir in meiner Schule; das war so schlimm, dass ich es nicht gerne erzählen mag; aber Vater brachte es in Ordnung, und die Lehrer halfen mir darüber weg, sodass mir nichts Böses zustieß. Da, das weiß ich noch, dachte ich daran, warum Du keinen Vater hättest, der Dir helfen könnte.

So verging die Zeit, und wir sahen uns nicht oft. Aber hin und wieder hörte ich etwas Neues über Dich, und dann trafen wir uns als Soldaten.

Damals warst Du schon ein wenig versumpft. Du hattest auch keinen Menschen, zu dem Du gehen konntest, während ich im Theater oder in Gesellschaft war, so oft ich Urlaub bekommen konnte.

Na – ich machte meine Examina und holte mir eine Braut und ein Amt und verheiratete mich. Du hattest schon vor mir eine Braut, aber konntest nicht heiraten. Dann bekamt Ihr zwei Kinder; und in dem Jahr, als der strenge Winter war, stahlst Du und wandertest ins Gefängnis. Als Du wieder freikamst, heiratetet ihr; aber dann brach der große Streik aus, wo Du's mit den Kameraden halten musstest. Die Frau verließ Dich, die Kinder kamen ins Armenhaus; und eines Abends, als Du betrunken warst, schlugst Du einen Schutzmann zuschanden und musstest die Reise ins Zuchthaus antreten. – Seitdem habe ich nichts mehr von Dir gehört, bis ich jetzt kürzlich in den Blättern las, dass Du einen unbescholtenen Mann, den Du nicht kanntest, überfallen und ihm den Schädel zertrümmert hättest. Bei mir ist es indessen immer bergan gegangen; ich habe ein schönes Heim und liebe Kinder und Gesundheit und mein Auskommen.

Und jetzt sollst Du also für immer ins Zuchthaus kommen. Der Gedanke ist wahrhaftig wunderlich, alter Freund, denn Du warst so ein tüchtiger Kerl. Ich bin überzeugt, wärst Du im Vorderhause geboren, so wärest Du Bischof von Seeland oder

Justizminister geworden, bei Deinem Kopf. Und ich bin meiner Sache nicht so ganz sicher, wie's mir gegangen wäre, wenn ich an Deiner Stelle gewesen wäre ...

Aber das ist natürlich nichts andres als idealistisches Gewäsch, was mir heut einfällt, weil ich gut zu Mittag gegessen habe und hier mit meiner Havannazigarre sitze. Und dann, weil ich bei Deinem ersten Verbrechen Teilnehmer war – – – wenn ich ordentlich nachdenke, glaube ich wirklich sogar, dass ich es war, der auf den Gedanken kam, die Krone zu mausen.

Aber da ist nun nichts zu machen.

Unsere Lehrer haben genug damit zu tun, uns die höchsten Punkte in den Alpen und das Todesjahr Ottos des Faulen zu lehren – die können keine Zeit auf einen Spitzbuben von einem Jungen vergeuden. Unsere Pastoren haben neue Kirchen zu bauen, wo sie ihre alte Wolle weiterspinnen können, und aufzupassen, dass nicht zwei ohne ihre Genehmigung beisammen schlafen – die können sich mit einer verworfenen Seele wie Deiner nicht beschäftigen. Unsere Juristen stellen so viele feine Spekulationen an, um das Geld der Leute zu hüten – unsere Politiker sitzen das liebe, lange Jahr und verteilen die Steuern – – da ist nichts zu machen, alter Freund, Du musst ins Zuchthaus wandern. Denn wir *können* uns nicht dareinfinden, dass Du einen unbescholtenen Mann überfällst und ihm den Schädel zertrümmerst. Und wir können doch bei Gott auch den Bischof von Seeland und den Justizminister nicht prügeln.

Aber, wie gesagt – Du verstehst wohl ... es ist gar nicht amüsant für mich. Denn Du warst so ein tüchtiger Junge und eigentlich mehr wert als ich.

Dein treuer
Karl Ewald.

Meine Stiefel

Nach dem Frieden im Jahre 1864 zogen meine Eltern von Schleswig nach Helsingör. Ich war damals sieben Jahre alt und war all der Kenntnisse bar, die nun einmal für notwendig gehalten werden, damit man standesgemäß durchs Leben kommt. Folglich musste ich in die Schule, und irgendein örtlicher Einfluss bewog meinen Vater, mich in die Volksschule zu schicken.

Natürlich kam ich danach bald in die Realschule. Das Glück ist ja stets kurz. Meine Volksschultage aber waren eine goldne Zeit. So viele Apfelsinen mir auch späterhin in den Turban hineingefallen sind, so viele Äpfel ich mir durch angestrengtes Herumklettern auf den dünnen Zweigen auch verschafft habe – so glücklich wie in der Volksschule von Helsingör bin ich nie wieder gewesen.

Ich sang mit den Kameraden bei Begräbnissen, und ich sang sicherlich schöner, als ich jetzt singe. Denn ich geriet stets schnell in heftige Gemütsbewegung. Das Leichengefolge musste mich wohl notgedrungen für einen Jungen von seltner Herzensgüte halten. Auch nach einer andern Richtung hin hatte ich Erfolge zu verzeichnen, und das verdankte ich vor allem dem Umstand, dass ich der Einzige in meiner Klasse – wenn nicht der Einzige in der ganzen Schule – war, der Stiefel an den Füßen hatte. Die anderen trugen Holzschuhe oder liefen barfuß.

Ein jeder kann ermessen, welche Überlegenheit mir das verlieh. Ich war ein Fürst unter den Knaben; freilich bekam ich zuweilen auch meine Prügel um eben jener Stiefel willen, aber das passiert ja auch anderen Fürsten. Bewunderung, Neid, Prügel – das alles diente dazu, mich auszuzeichnen; und das blieb mir auch keineswegs verborgen.

Eines Tages stand ich während der Pause mit dem Rücken an der Mauer des Spielplatzes und verzehrte mein Butterbrot. Als ich da so stand, erblickte ich vor mir das Gesicht eines anderen Jungen, das ich seitdem nie wieder habe vergessen können.

Er sah zuerst meine Stiefel und dann mich an. Er sagte kein Wort, aber seine Augen erzählten mir deutlich genug, dass er der Ansicht sei, die Stiefel müssten ihm gehören, und dass er sie sich aneignen wolle, wenn er könne. Ein Hass, ein Hunger, ein Neid, lebten in seinem Blick, sodass es mir ganz klar wurde, was das zu bedeuten hatte. Es war gar keine Rede davon, dass ich ihm die Stiefel geben wollte. Sie waren ja mein Eigentum, ich war mir klar darüber, dass ich in meinem guten Rechte war, und wollte es verteidigen. Ohne mich einen Augenblick zu besinnen, warf ich mein Butterbrot fort und ballte die Fäuste. Ich begriff, dass wir uns zu schlagen hätten, und wir schlugen uns.

Viele Jahre später – ich war damals junger Student – hatte ich eines Abends einen armen und arm gebornen Kameraden bei mir zu Besuch.

In meiner Wohnung herrschte nicht der mindeste Luxus, ihm aber ist's wohl wie Reichtum vorgekommen. Wir saßen beim Abendbrot und aßen uns satt; er gedachte wohl des Tisches, um den er und seine Geschwister zu sitzen pflegten – wo es so viel mehr Münder und so viel weniger zu essen gegeben hatte. Vielleicht ist auch ein unbedachtes Wort gefallen, das seinen Gedanken Stärke und Boshaftigkeit verlieh; daran erinnere ich mich nicht mehr.

Doch als ich ihn anblickte, sah ich plötzlich wieder in das Gesicht des Jungen aus der Volksschule. Es gab mir einen Stoß, und rein instinktiv zog ich die Füße unter meinen Stuhl. Ich dachte an die vielbegehrten Stiefel meiner Kindheit; es war mir so, als hätte ich sie noch an den Füßen ... und ich sah neben mir meinen Freund in Holzschuhen ...

Ich empfand ein starkes Missbehagen gegen ihn. Sein Neid erschien mir garstig, sein Mangel an Bildung stieß mich ab. Zugleich aber verstand ich, warum er so unfein fühlen musste, und er tat mir leid. So kam ich wieder ins Gleichgewicht.

Später ...

Ich kann keine Rechenschaft darüber ablegen, wie jenes Gefühl sich entwickelte und Jahr für Jahr wuchs, bis es so stark wurde, dass mir für Augenblicke ganz krank davon ums Herz ward.

Viele, viele Male noch habe ich das Gesicht des Jungen aus der Volksschule vor mir gesehen; und es gibt Tage, an denen es mich geradezu verfolgt. Bald ist's ein Mann, der an meiner Tür läutet und um einen Zehrpfennig bittet, bald ein betrunkner Raufbold, ein sich verbeugender Diener oder ein Mensch, der auf dem Perron steht und dem Zuge nachblickt, darin ich vorbeifahre. Manchmal ist es ein Gesicht, das sich gegen die Scheibe des Restaurants drückt, in dem ich sitze, oder ein reines Phantasiebild, das sich im Rauch einer Zigarre formt, die ich mir in froher Stimmung anzünde.

Und stets jagt das Gefühl bis in meine Füße hinab. Noch heutigen Tags bin ich derselbe, der ich in der Volksschule war: In prächtigen blanken Stiefeln steh' ich unter barfüßigen Kameraden.

Aber was ist es denn, was mir seither widerfuhr? Verschwunden ist mein Stolz auf die Stiefel, verschwunden mein sichres Eigentumsgefühl, verschwunden mein Mut, das Meine zu verteidigen.

Ich schäme mich einfach meiner Stiefel. Es kann wohl vorkommen, dass ich in Wut gerate, dem Bittenden die Tür vor der Nase zuschlage, oder mir selber vorerzähle, dass ich hysterisch sei. Es nützt aber nicht das Mindeste, denn es verfliegt im Nu.

Und dann schäme ich mich doppelt, und nicht einmal dadurch, dass ich meinem barfüßigen Bruder einen Zehrpfennig gebe, erkaufe ich mir ein bisschen Beruhigung.

Ein Verbrecher

Vor den Richter trat ein Mann, der zwölf Jahre hindurch die Kasse, die ihm anvertraut worden war, bestohlen hatte. Nun war es entdeckt worden, und er hatte seine Schuld sofort eingestanden.

In verschlissenen Kleidern, mit bedrückter Armesündermiene stand der Angeschuldigte da.

»Was hast du zu deiner Verteidigung anzuführen?« fragte ihn der Richter.

Da kniete der Mann nieder und faltete die Hände.

»Nicht für mich selbst hab' ich gestohlen, Herr,« rief er. »Seht mich an, ob ich wie einer bin, der sein Gut in Wohlleben verbringt! Für meine Kinder hab' ich gestohlen! Ich habe zehn Kinder, die verhungert wären, hätte ich nicht gestohlen. Seht meine Kinder an, Herr! Sie sind arm wie ich, ihre Wangen sind blass, ihre Kleider zerlumpt. Mein Lohn war stets so gering, dass er nicht ausreichte, um sie alle zu ernähren. Ich konnte sie nicht durchbringen, obwohl ich stahl.«

»Ist das wahr, was er sagt?«

Die Zeugen bestätigten es.

»Dann spreche ich ihn frei von der Anklage des Diebstahls,« entschied der Richter. »Er hat nur getan, was er tun musste. – Aber führet ihn hinaus und hängt ihn, weil er zehn Kinder in die Welt setzte, ohne je daran denken zu können, sie zu ernähren.«

Offizielles

In einem Hinterhause in der Hauptstadt wohnen ein Mann und ein Frauenzimmer, die schon vierzehn Jahre lang ohne den Segen der Kirche zusammengelebt haben.

Als sie zusammenzogen, da wollte er sich nicht trauen lassen. Er kannte die Frauen und kannte sich selber. Am besten war's, die Sache so einzurichten, dass sie leicht auseinandergehen konnten, wenn ihre Gemeinschaft nicht fest genug blieb.

Aber sie blieb fest genug.

Und die Jahre vergingen. Sie zankten sich, und sie versöhnten sich wieder, bekamen fünf Kinder und lebten in allen Dingen wie rechte Eheleute. Manchmal ging es ihnen sehr, sehr schlecht und manchmal besser.

Da tauchte jemand auf, der Anstoß an dem unanständigen Verhältnis nahm und die beiden der Polizei anzeigte. Und die Polizei kam auf flinken Beinen herbei und gab ihnen strengen Befehl, sobald als möglich zum Pfarrer zu gehen.

Sie besprachen es miteinander und kamen überein, dass es sich wohl werde machen lassen. Sie kannten sich ja jetzt und durften es wohl wagen.

Und sie gingen zum Pfarrer und zum Küster.

»Was soll das nun?« fragte der Küster. »Ihr habt Armenunterstützung bekommen – und noch nicht zurückbezahlt? Marsch, fort mit euch! Vom Heiraten ist keine Rede.«

»Verheiratet sind wir seit vierzehn Jahren,« sagte der Mann. Wir könnten's gut dabei lassen; aber die Polizei sagt, dass wir uns trauen lassen müssen.«

»Fort mit euch!« rief der Küster.

Und sie gingen nach Hause, setzten sich hin, um die Sache miteinander zu beraten, und krauten sich den Kopf. Als die Polizei erfuhr, was geschehen war, kraute auch sie sich den Kopf. Denn die Kinder waren ja schon groß, sodass es nicht schön war, den Befehl zu geben, dass sie voneinander zögen ...

Der Einzige, der bei der Geschichte seine Ruhe behielt, war der Küster.

Aber er war ja auch der Einzige, der seine Papiere in Ordnung hatte.

Hunger

Er konnte das Feld nicht bestellen, konnte die Tiere des Waldes nicht jagen, den Fisch im Wasser nicht fangen und das Boot nicht über die Wogen lenken. Er konnte dem Felsen sein Erz nicht abgewinnen, konnte es nicht in der Esse schmieden und es nicht umsetzen durch Kauf und Verkauf.

»Gott hat mir einen reichen und seltenen Verstand gegeben,« sagte er. »Ich bin zum Studieren geboren.«

Und er kam auf die hohe Schule, wo die Gelehrten waren.

Da konnte er sich auf den schwierigen Pfaden des Rechts nicht durchfinden, hatte nicht den kühlen Kopf und das warme Herz des Arztes, nicht des Forschers Geduld, nicht des Lehrers Selbstverleugnung, nicht des Erfinders Scharfsinn, nicht des Staatsmannes Klugheit.

»Gott hat mich zum Höchsten bestimmt,« sagte er. »Ich bin zum Priester geboren.«

Und er bekam eine kleine Pfründe.

Er predigte Selbstverleugnung denen, die kein Brot hatten; aber er seufzte, dass der Braten auf dem eigenen Tische so klein sei. Er sprach mit gefalteten Händen, es sei leichter, dass ein Kamel durch das Nadelöhr gehe, denn dass ein Reicher ins Reich Gottes komme; aber er klagte, dass sein Beutel leer sei.

»Gott der Herr will, dass ich mich um die fette Pfründe bewerbe, die in diesem Jahre zu besetzen ist,« sagte er. »Er sei mir Sünder gnädig, dass ich es erst heute sehe. Ewig sei er gepriesen, dass ich seinen Willen vollende.«

Da bewarb er sich um die Pfründe und bekam sie.

Zwei Welten

Kultur

Sie hat sich draußen auf die Mole gesetzt und mit einem bärtigen Fischer, der da mit seinen Netzen hantiert, eine Konversation eingeleitet. Ihre Beine stecken in Lackschuhen und bunten Strümpfen und sind bis an die Knie zu sehen. Zwischendurch zupft sie am Unterrock; aber das geschieht eben nur, um die Beine zu zeigen. Außerdem hat sie einen großen Sonnenschirm und nackte Arme, kurz gesagt, trägt ein Gewebe von Lug und Trug und billigen Spitzen.

»Schiffer ... haben Sie niemals Angst, Sie könnten kentern, wenn's draußen um Sie weht? – Was fangen Sie an, wenn die Fische nicht anbeißen wollen, Schiffer? – Wie langweilig das für Ihre Frau sein muss, wenn Sie des Nachts draußen sind. – Beißen die Fische nicht am besten des Nachts an? – Ich hielte es nicht aus, einen Schiffer zum Mann zu haben.«

Auf einmal hält sie den Mund und starrt.

Vom Lande her kommen in einer Reihe fünf junge Männer gelaufen. Die sind ganz nackt. Ihre sonnenbraunen Köpfe und Hände stechen ab gegen die weißen Körper. Sie schlagen sich auf die Schenkel, dass es klatscht, und grinsen, als sie an ihr vorüberlaufen – ein anderer Weg bleibt ihnen nicht. Dann springen sie ins Wasser unter lautem Rufen und Lachen.

»Gott, Schiffer,« sagt sie und legt die Hände vors Gesicht.

»Ist was nicht in Ordnung, liebe Frau?« sagt er freundlich. »Wenn Sie was andres sehen, als was unser Herrgott geschaffen hat, dann dürfen Sie ruhig schreien.«

Natur

Ich habe einen weiten Weg hinter mir zwischen hohen Hecken durch, wo es zu beiden Seiten funkelt von Vogelbeeren, Schlehen und Brombeeren. Der Weg geht noch weiter, ich weiß nicht wohin. Die Beeren rufen verlangend nach den Vögeln des Himmels.

Nun schwenke ich in eine Allee ein, wo alle Zweige sich wichtig tun mit den Halmen, die sie auf den Kornfuhren stibitzt haben. An einem Gehöft vorbei, das seinen Mittagsschlaf hält. Und dann bin ich am Strande, wo ich mir einen geeigneten Stein aussuche, um den Nacken dagegen zu lehnen, und wo ich mich dem einzigartigen Genusse hingebe, wie eine prima Zigarre, an einem prima Gewässer geraucht, ihn stets zu bieten vermag. Ich höre etwas rascheln und sehe nach, was es gibt.

Ein kleines Ende weit von mir steht ein junges Mädchen, im Begriff, sich zu entkleiden. Sie sieht mich an, und ich sehe sie an.

»Verzeihen Sie,« sage ich. »Ich hatte nicht gesehen, dass Sie eben ins Wasser steigen wollten.«

»Was macht das denn?« sagt sie. »Schief gewachsen bin ich ja nicht.«

Froh lacht sie und entkleidet sich weiter. Jetzt zu gehen, kommt mir unanständig vor. Und nun ist sie schon weit draußen, schlägt mit den Armen und spannt ihre Brust den Wogen entgegen. »Es ist kalt,« ruft sie mir zu.

»Wie heißt denn Ihr Schatz?« rufe ich zurück.

»Wer sagt Ihnen, dass ich einen habe?«

Sie lacht und platscht fürchterlich im Wasser umher. »Na, es ist der Sohn vom Mads Jensen. Im November machen wir Hochzeit.«

Nun ist sie wieder am Lande, schlüpft in ihr Hemde und bindet den Unterrock zu.

»Adieu!«

»Adieu! Und grüßen Sie den Sohn vom Mads Jensen von mir!«

»Schönen Dank,« sagt sie und lacht und steigt den Weg hinauf, ohne sich umzusehen.

Jugend

Der Mann ging mit seiner Frau im Küchengarten hinter dem Hause spazieren.

Er war breit und stark wie einer, der sich das Leben unterworfen hat. Sie aber trug den Kopf und bewegte sich wie eine, die in ruhigem Glücke lebt.

Weit da unten, wo die Rosen stammten und die Bäume voller Früchte waren, stand ihre Tochter. Sie war siebzehn Jahre alt und rund und schlank und hatte Träume in ihren jungen Augen.

»Nun ist sie Weib geworden,« sagte der Mann.

Seine Frau nickte.

»Lass sie die Kammer bekommen, die du als Mädchen gehabt hast. Weißt du noch ...«

»Ich weiß,« erwiderte sie und errötete froh.

Er wies zum Fenster hin, das durch der Bäume Laub guckte.

»Ich war über die Mauer gestiegen. Die Alten schliefen, und der Hund war dein Freund und meiner und verriet uns nicht. Ich schwang mich in den Baum hinauf ... von Zweig zu Zweig, bis ich den Rahmen deines Fensters erreichte ...«

»Ich weiß ... ich weiß,« flüsterte sie röter und froher.

Doch er rief: »Noch morgen soll sie da hinauf.«

Er lief auf das Haus zu.

»Wohin willst du?« fragte sie.

Da winkte er und sprang und lachte.

»Ich will den Knorren abhauen, an dem ich mir meine Hochzeitshosen zerriss.«

Krank

Ein Mann war rasend geworden.

Er hielt sich für größer als alle anderen, für den gottbegnadeten Herrscher des Reiches. Er glaubte an keine Weisheit außer seiner eigenen. Er allein war allwissend. Er sah Gesichte ... Soldaten marschierten vor ihm auf. Die, die ihm entgegentraten, ließ er ins Gefängnis werfen ... er schoss sie nieder ...

»Der Mann ist geisteskrank!« erklärte, der Arzt.

»Wie ist das möglich?« fragte die Ehefrau des Mannes. »Er redet doch sehr klug! Und was er sagt, ist richtig ... Er will ja nichts für sich selbst ... Wie gut wäre es, wenn er handeln könnte, wie er wollte!«

Aber der Arzt schüttelte den Kopf und sagte: »Wenn er gesund wäre, so würde er für seine Ideen kämpfen als Dichter, Politiker, Gelehrter, Empörer ... Nun aber hat er den festen Halt verloren, das Schwert des Verstandes ist seiner Hand entfallen. Er hält sich – ohne Kampf und ohne Arbeit – für einen König und Herrscher ... Er ist ohnmächtig ... krank ...«

Der Arzt wurde zum Fürsten gerufen. Ein Bote überbrachte ihm die Nachricht.

»Wie heißt die Krankheit meines Mannes?« fragte die Frau, als der Arzt sich von ihr verabschiedete.

»Größenwahnsinn!« war die Antwort.

Der Fürst war rasend geworden.

Er ließ das Schlosstor öffnen und sandte die Wache fort, sodass jedermann freien Zutritt hatte, und er ging auf die Straße, mischte sich unter das Volk und fragte diesen und jenen, wie er das Reich regieren solle. Den Soldaten befahl er, die Waffen abzulegen, denn es sollte nie mehr Krieg sein.

»Der Fürst ist geisteskrank!« erklärte der Arzt.

»Wie ist das möglich?« fragte die Fürstin. »Nie hat auf einem Throne ein edlerer Fürst gesessen. Er hat nur das Wohl seines Volkes im Auge ... Wenn er seine Pläne verwirklicht, so werden alle Menschen glücklich werden.«

Aber der Arzt schüttelte den Kopf und sagte: Wäre er gesund, so würde er herrschen. Durch seine Soldaten würde er seinen Geboten Gehorsam verschaffen. Nun aber hat er den festen Halt verloren. Die Krone ist von seinem Haupte gefallen. Er hält sich für eine einfache, glückliche Menschenseele, der es vergönnt ist, zu träumen und zu dichten, zu fragen, zu kämpfen und zu lernen ... Er ist ohnmächtig ... krank ...«

»Wie heißt die Krankheit des Fürsten?« fragte die Fürstin.

»Größenwahnsinn!« war die Antwort.

Landestrauer

1

Es war einmal ein König, den eine seltsame Unruhe quälte.

Seine Väter hatten ihr Volk tapfer angeführt im Kriege und es mit weisem Rat im Frieden regiert. Ihn aber deuchte oft, dass das Volk nun reif genug sei, sich selbst zu regieren, obschon seine Minister ihm stets widersprachen. Und da er seine Untertanen liebte, so litt er Tag und Nacht unter dem Gedanken, dass er vielleicht ohne Fug und Recht auf dem Throne säße.

Da geschah es, dass die Königin starb.

Am Abend verließ der König schmerzbewegt sein Schloss und ging in die große Stadt, wo die Menschen sich drängten. Und er suchte die Vororte auf, wo die Armen wohnten. Verwundert bemerkte er, wie still die Leute umhergingen und wie ernst und betrübt ihre Gesichter waren. Er legte die Hand auf die Schulter eines Mannes und sagte zu ihm: »Freund, warum bist du so traurig?«

»Weil die Königin tot ist,« war die Antwort.

»Kanntest du sie denn?« fragte der König. »Hat sie dir denn je Gutes erwiesen?«

»Nein,« erwiderte der Mann, »ich habe sie nie gesehen.«

»Warum trauerst du denn?« fragte nun der König.

»Sie war doch die Königin!«

Und der König ging weiter und fragte andre Leute, aber immer erhielt er dieselbe Antwort.

Als er dann wieder in sein Schloss zurückkam, rief er die Minister zusammen, betrachtete sie lange und ernst und sagte schließlich: »Heut habe ich erfahren, was der König und sein Haus bedeuten; sie sind noch lebendig im Volke. Wenn einer von euch es wagt, mich durch falschen Rat zu verleiten, mir meines Volkes Wünsche zu verbergen oder auf Kosten meines Volkes den eignen Vorteil zu verfolgen, so soll es ihm übel ergehen!«

2

Es war einmal ein König, dessen Ehegemahl starb. Und weil die Königin die Krone mit Ehren getragen hatte und mild und gütig gegen die Armen gewesen war, betrauerten alle sie aufrichtig; und im ganzen Lande läuteten die Glocken.

Aber niemand trauerte wie der König. Und da er der Reden der Hofschranzen müde war, vermummte er sich und ging unerkannt durch die Straßen seiner Residenz.

Als er nun auch eine düstre Gasse durchschritt, die sein Fuß noch nie betreten hatte, bemerkte er ein kleines Mädchen, das auf der Treppe saß und weinte.

»Warum weinst du, Kindlein?« fragte der König.

»Ich weine, weil die Königin gestorben ist.«

Das rührte den König sehr. Aber das kleine Mädchen sah ihn tränenden Auges an.

»Ich bin hungrig,« sagte das Kind. »Und Mutter hat kein Geld, um etwas zu essen zu kaufen. Sie wischt die Treppen im Theater. Und das Theater ist geschlossen, weil die Königin gestorben ist.«

Da ergriff den König heftiger Zorn. Er eilte ins Schloss zurück, rief seine Minister zu sich und sagte zu ihnen: »War die verstorbene Königin ein Freund der Armen? Tröstete sie die Kranken? Speiste sie die Hungrigen?«

Da verneigten sich die Minister sehr tief und beteuerten, eine mildere Herrscherin habe nie auf dem Throne gesessen.

»Gut!« sagte der König. »Warum habt ihr denn ihr Andenken nicht besser geehrt?«

Und er erzählte von dem kleinen Mädchen, das vor Hunger weinte. Aber da trat der älteste der Minister vor und sagte: »Herr König, so gebietet es das Gesetz, wenn die Königin tot ist, damit es kund werde, dass ein Mächtiger der Erde die Augen geschlossen hat.«

Da reichte der König dem Minister den Schlüssel zur Schatzkammer und sagte streng: »Mir ist, als hätt' ich einmal gehört, der Tod mache alle Menschen gleich. Soll aber ein Unterschied sein, so sei es der, dass niemand im Lande Hunger leide, solange die Leiche der milden Königin im Schlosse liegt.«

3

Es war einmal eine Königin, die von allen ihren Untertanen geliebt und geehrt wurde.

Als sie schließlich ihre Augen geschlossen hatte, versammelten sich die Minister beim Könige, um zu beratschlagen, wie das Land seiner Trauer Ausdruck verleihen solle.

Einer von ihnen wollte, dass von Sonnenaufgang bis Sonnenuntergang alle Glocken geläutet würden. Ein anderer schlug vor, es sollten alle bis zum Ende des Jahres schwarze Kleidung anlegen. Ein dritter stimmte diesen Vorschlägen zu, verlangte aber außerdem, dass die Häuser, in denen die Gaukler das Volk mit ihren Späßen ergötzten, auf drei Monate geschlossen und alle Feste und Lustbarkeiten streng verboten werden müssten.

Schweigend und betrübt saß der König inmitten seiner Minister. Als die drei gesprochen hatten, wandte er sich an den vierten und fragte ihn: »Was soll ich deiner Ansicht nach tun?«

Und der Minister, dem es oblag, für die Gottesfurcht des Reiches zu sorgen und dafür, dass die Gefühle nicht verfälscht würden und die Heuchelei nicht überhandnähme, verneigte sich tief und sagte: »Herr König, wollt Ihr meinem Rate folgen, so tut nicht, wie die anderen sagen! Wenn die Glocken den ganzen Tag läuten, so wird bald niemand mehr darauf hören. Wenn den Gauklern verboten wird aufzutreten, so werden sie über die Grenze ziehen, da sie ja ihr tägliches Brot verdienen müssen; und dort werden sie mehr Ärgernis erwecken als hier. Wenn allen Leuten befohlen wird, schwarze Kleider anzulegen, so werden die Reichen und Eiteln sich mit ihrer Pracht brüsten und die Armen werden sich ihrer Lumpen schämen. Nein, ein jeder mag trauern, wie seine Trauer es ihm eingibt und sein Vermögen es zulässt. Und die Glocken mögen still und wehmütig eine Stunde am Abend läuten, wenn das Tagewerk beendet ist und die Menschen in ihren Häusern sitzen und lauschen.«

»Du hast wohlgesprochen,« sagte der König. »So soll es geschehn.«

4

Eine Königin lag auf ihrem Sterbebett. Neben ihrem Lager standen der König und ihre Verwandten, die von nah und fern herbeigekommen waren, standen die Herren und Damen vom Hofe. Rings durch die Gänge des Schlosses schlichen leise mit bekümmerten Mienen die Diener.

Und als nun die kranke Königin so dalag, und als ihr Leben verebbte, da öffnete sie die Augen und sagte so leise, dass nur der König, der ihr zunächst stand, es hörte: »Mich dürstet. Gib mir Wasser!«

Der König erfüllte ihren Wunsch; und als sie getrunken hatte, fiel sie in die Kissen zurück und gab ihren Geist auf.

Die Höflinge aber drängten sich herzu und fragten, welches wohl die letzten Worte der Königin gewesen seien. Sie flüsterten miteinander, und ihre Vermutungen wurden weitergetragen in die Gänge des Schlosses und in die Stadt hinaus und über das ganze Land.

»Sie hat für ihr Vaterland gebetet!« sagte einer.

»Sie hat all ihr Hab und Gut den Armen geschenkt!« meinte ein anderer.

»Sie hat verlangt, dass die Fesseln aller Verbrecher gelöst werden sollen,« sagte ein dritter.

Als aber der König das hörte, wandte er sich um und sagte: »Wir alle wissen, dass die selige Königin ihr Land bis zur letzten Stunde geliebt hat. Aber keine falschen Blumen sollen ihr Grab schmücken. Tut dem Volke kund, dass ihre letzten Worte die geringe, menschliche Bitte einer Kranken waren, ihre Zunge mit Wasser zu letzen.«

Allianz

Es waren einmal drei rechtschaffene Männer, von denen jeder seine Ansicht von den höchsten Dingen hatte. Jeder von ihnen wusste, dass die seine die richtige war, und jeder von ihnen kannte der andern Rechtschaffenheit. Darum beschlossen sie, in die Welt hinauszugehen; und ein jeder wollte seinen Glauben verkünden und um der Menschen Seelen kämpfen.

Da, als sie auseinandergehen wollten, nahm der eine die beiden andern beim Arme und sagte: »Seht ... dort flammen Scheiterhaufen auf, die Menschen verbrennen einander um ihres Glaubens willen ... wir wollen unsern Kampf aufschieben, bis wir sie von ihrem furchtbaren Irrtum befreit haben.«

Das schien den andern wohlgesprochen, und sie taten es. Aber als sie mit der Arbeit fertig waren und es wieder ans Scheiden ging, wies der zweite vor sich hin und sagte: »Noch ist unsere Zeit nicht gekommen, um die höchsten Dinge zu streiten ... seht ... dort ermorden die Menschen einander wie wilde Tiere, auf ihrer Fürsten Befehl.«

Wiederum gaben die drei sich ihr Wort und zogen vereint in den Kampf gegen die Rohheit der Menschen. Kaum aber hatten sie getan, was in ihren Kräften stand, und dachten von neuem an das, was sie am tiefsten bewegte, als der dritte sich vor die Stirne schlug und rief: »Brüder ... Freunde ... wir müssen noch eine Weile zusammenhalten. Seht ... dort hungern die Reichen die Armen aus ... und dort füllen die Wissenden die Unwissenden mit Lügen ... und dort prügeln die Gesunden die Kranken ...«

So ging es jedes Mal.

Die drei Männer starben, und andere kamen an ihrer statt und wieder andere an ihrer, und die Jahrhunderte rollten hin. Aber unerschütterlich bestand die Allianz.

Hans Dumm flüsterte dem einen zu: Deines Freunds Gesellschaft besudelt dich ... er glaubt nicht an deinen Gott. Hans Schofel raunte dem zweiten zu: Du kannst dich mit deinem Kameraden nicht sehen lassen ... er ist mit seiner Frau nicht getraut. Hans Roh wisperte zum dritten: Du machst dich vor allen Leuten lächerlich, wenn du's mit den beiden närrischen Idealisten hältst.

Die drei Männer aber blieben beisammen, und sie sind beisammen noch heutigentags.

Ihre Rechtschaffenheit bindet sie. Und der Menschen Dummheit und Bosheit und Rohheit.

Kaisergabe

Es war einmal ein Kaiser, der sein Herz sprechen ließ.

Als in einem anderen Lande ein erschütterndes Unglück geschah, das Tausende in Not stürzte, wurde er zu Tränen gerührt und ließ alles andere ruhen, bis er den Unglücklichen Hilfe gebracht hatte.

Er belud seine Kriegsschiffe mit Nahrungsmitteln und Kleidern und befahl, mit Volldampf zur Unglücksstätte zu fahren, als gelte es Ehre und Wohlfahrt des Reiches. Die Schiffe boten den Obdachlosen Zuflucht, die Offiziere teilten Almosen aus, und die Soldaten wurden zu Samaritern.

Der Kaiser entsandte Ärzte und Arzneien, Geld und Telegramme voll Teilnahme und guten Wünschen.

Weinend dankten ihm die Unglücklichen und baten Gott, ihn zu segnen. Der König des heimgesuchten Landes ehrte ihn durch Verleihung seines vornehmsten Ordens. In allen Teilen der Welt pries man die Hochherzigkeit und den Edelmut des Kaisers. Doch als der Dank den Thron des Kaisers erreichte, da verhüllte er sein Angesicht und sagte: »Still ... Warum dankt ihr mir? ... Ich habe ja die Macht, es zu tun. Was ich getan – es ist weniger als das Kupferstück, das die kleine Näherin dem Orgeldreher auf dem Hinterhof zuwirft.«

Ein Rüffel

Ich saß vor dem Hotel d'Angleterre in Kopenhagen und wunderte mich, dass der kleine Bursche, der hier täglich seine zwei Öre für Kuchen von mir bekam, sich noch nicht hatte sehen lassen. Gestern hatten wir ihm in einem Anfall von guter Laune eine ganze blanke Krone gegeben ... Noch seh' ich sein verblüfftes strahlendes Gesicht, seh' seine kleinen, schwarzen, nackten Füße nach diesem großen Coup über den Markt rennen ...

Da stand er plötzlich wieder an meinem Tisch.

Ich sah von meiner Zeitung auf ... Er hatte rote, angeschwollene Augen ... Ein ärmlich gekleideter Mann hielt ihn an der Hand.

»Ist es dieser Herr da?« fragte der Mann und zeigte auf mich ... »Jetzt mach', dass du nach Hause kommst!«

Der Junge lief davon. Und der Kellner kam und befahl dem Manne, schleunigst zu verschwinden. Doch der Mann sah ihn an; ein Paar sehr barsche Augen blickten aus dem magern Gesicht hervor, und er machte durchaus keine Anstalten zu gehen.

»Ich komme nicht, um zu betteln,« sagte er. »Ich habe mit dem Herrn da ein Wort zu reden.« »Das hat seine volle Richtigkeit,« sagte ich.

Dann setzte er sich auf den Stuhl vor mir hin und trug ohne jede Einleitung sein Anliegen vor.

»Ich wollte den Herrn nur fragen, wie es dem Herrn einfallen kann, meinem Jungen Geld zu geben?«

»Na – ja. Ich gebe ihm zwei Öre für Kuchen. Hat er denn Schaden davon?«

»Gestern hat der Herr ihm eine Krone gegeben. Will der Herr wissen, wie es damit zuging? Auf dem Hof war ein anderer Junge, der nahm meinem Sohn das Geld weg. Er wurde angezeigt, verstehen Sie, und heute Morgen hat man ihn erwischt. Um den ist's nicht schade; es war so ein langer Lümmel, der sowieso ins Loch gekommen wäre. Ich bin zwar auch nur ein armer Mann, aber ich will mich ehrlich halten, solange ich kann, und meine Kinder sollen auch ehrlich bleiben.«

»Ja ... ich gebe zu, ich habe gedankenlos gehandelt ...«

Er unterbrach mich durch eine Bewegung mit der Hand; er war gekommen, um mir zu sagen, was er zu sagen vorhatte, und kümmerte sich nicht um meine Einwände und Entschuldigungen.

»Will der Herr den Jungen zu sich nehmen?« fragte er.

»Das kann ich nicht. Ich habe selbst Kinder ... bin selbst ein armer Mann ...«

Er sah mich an, sah mein Glas an, blickte auf die anderen Gäste und betrachtete die Fassade des Hotels von oben bis unten.

»Es gibt so viele Arten von Armut,« sagte er dann. »Und nun möcht' ich den Herrn gebeten haben, seine Kuchen seinen eigenen Kindern zu schenken. Außer dem Jungen da hab' ich nämlich noch sieben zu Haus; und der kommt nun und hat Kuchen gekriegt und hat ein großes Maul, und die anderen werden ärgerlich auf ihn. Meine Kinder sollen lernen, dass Geld etwas ist, was man sich mit harter Arbeit vom Morgen bis zum Abend verdient. Sie sollen nicht glauben, dass man's auf der Straße findet. Sie sollen nicht glauben, dass man's für so einen Dreck von Kuchen verbrauchen darf. Ich weiß nicht, ob der Herr mich verstanden hat?«

»Gewiss,« erwiderte ich.

Dann stand er auf und ging ohne Abschied seiner Wege, ging schweren, müden Ganges, mit schleppenden Füßen, über den Marktplatz.

Ein Anarchist

Ich gehe über das Erntefeld hin, wo die fremden Arbeiter beschäftigt sind.

Auf einmal sehe ich zufällig einem von ihnen ins Gesicht, stutze, stehe still und begrüße ihn.

»Sie hier?« frage ich.

Er lässt die Garbe fahren und sieht mich mit verlegenem Lächeln an.

»Fürchten Sie nichts,« sagt er. »Ich bin nicht hier, um Unheil anzustiften ... nicht einmal unter meinen armen Landsleuten fällt mir's ein, zu agitieren. In der Erntezeit ... wenn das gelbe Korn auf den Feldern steht, dann kann ich nicht ...«

»Was können Sie nicht?«

»Ich kann nicht, was ich soll. Weiß dann selber nicht, wie mir ist. In der Zeit bin ich ein ganz andrer Mensch ... Ich muss das Korn in Händen haben, muss helfen, es in die Scheune bringen. Nach Hause kann ich ja nicht« Darum bin ich hier aufs Land gereist. Hier ist es so schön. Was haben wir für einen Herbst dieses Jahr!«

»Und dann, wenn das Korn vom Felde weg ist?«

»Dann kann ich wieder. Verstehen Sie mich recht ... Das Getreide sperrt mir den Weg. Wenn es eingeheimst ist, so wird die Aussicht wieder frei ... auf Recht und Unrecht. Dann komme ich wieder zur Besinnung, und ich reise dahin, wo ich sein soll.«

Er wendet sich wieder seiner Arbeit zu.

»Kennen Sie ihn?« fragt der Verwalter, als ich zurückgehe.

»Ich habe ihn im Ausland einmal getroffen.«

»Er ist der Flinkste von allen,« sagt er. »Ein Mordskerl. Schuftet von früh bis spät und singt dabei. Freut sich wie ein Kind über alles, was er sieht, stiftet Frieden unter den anderen und sorgt für gute Laune, wenn die Leute murren. In dem Burschen steckt kein Tropfen bösen Bluts. Hätten wir nur viele wie ihn.«

Frühling

Ich gehe durch den Wald und denke daran, dass es nun wieder Frühling ist.

Wenn ich jünger wäre, würde ich nicht daran denken. Dann würde ich mit dem Buchfink um die Wette trillern, würde mit der Buche Knospen treiben und mit den nacktstieligen Anemonen über Nacht aufblühen, ohne darüber zu grübeln, ob die vernünftigen Blätter wohl parat zum Mitkommen seien. Wenn man jung ist, liegt ein Versprechen und Schönheit in allem Neuen. Wäre ich noch älter, als ich bin, so würde ich mich ärgern. Denn wenn man alt ist, wird einem mit jeglichem Mondwechsel Husten und viel Bedenklichkeit beschert.

Nun bin ich zufälligerweise just in dem Alter, wo man an so mancherlei *denkt*. Und so denke ich denn daran, dass es eigentlich bedeutend kälter ist, als ich geglaubt hätte. Ich denke auch an meinen Ferienaufenthalt für dieses Jahr.

Plötzlich gehe ich neben einem alten Justizrat her, den ich flüchtig kenne. Unsere Fähigkeit, einander zu ärgern, verbindet uns miteinander. Er hat einen Pelz an und gerät in gute Laune, als er meinen dünnen Sommerüberzieher besichtigt. Er spricht es auch aus, dass er um meine Gesundheit besorgt sei ... Ganz jung sei ich ja doch nicht mehr, und ich müsse etwas vorsichtiger sein. Selbstverständlich behaupte ich, mir sei recht warm, obwohl mich in Wirklichkeit friert. Um es zu demonstrieren, knöpfe ich den Überzieher auf und schlage ihn zurück. Ich sei mir ja gleichfalls klar darüber, sage ich, dass ältere Leute sehr vorsichtig sein müssten, doch ich könne es, Gott sei Dank, noch ein paar Jahre riskieren.

Wir schreiten nebeneinander durch den Wald. »Wie warm es ist, wie die Sonne herniederbrennt!« Während ich triumphiere, ergeht es dem Justizrat übel in seinem Pelz. Sobald wir aber an einen offenen Platz kommen, wo der Frühlingswind sich austoben kann, ist er obenauf und höhnt mich mit teilnehmenden Worten. Er zweifelt daran, dass es diesmal überhaupt Frühling werden wird, und er würde sich nicht wundern, wenn morgen ein ganz gehöriger Schneesturm losbräche. Mittlerweile ist sein Pelz an einem grünen Stachelbeerzweig hängen geblieben; ich aber pflücke eine Anemone und rühme in beredten Worten ihre Lenzschönheit, während ich im Grunde meines Herzens finde, dass sie recht mitgenommen aussieht.

Wir durchschauen einander vollkommen. Wir wissen: Wenn jeder für sich ginge, so würde er seinen Pelz aufknöpfen und ich meinen Überzieher zuknöpfen. Aber wir bekennen in keiner Weise Farbe, kämpfen vielmehr standhaft mit Finten und Paraden und freuen uns, wenn Blut fließt.

Dann stehen wir plötzlich still und lauschen.

Wir hören vielstimmigen Gesang, und bald kommt den Weg entlang ein langer Zug von Männern. Es gehen drei, vier, fünf in der Reihe, festen, leichten Schritts; die allermeisten sind ganz jung. Nur wenige haben Überzieher an, doch die Sonne bescheint sie, und sie sehen außerordentlich warm und vergnügt aus. An der Spitze wandelt eine rote Fahne: »Malerinnung«. Auf dem Flügel sieht man Radler mit roten und weißen Bändern an den Rädern; sie werden mit munteren Zurufen und Witzen begrüßt.

Der Zug ruft uns ein Hurra zu, und ich schwenke meinen Hut und erwidere munter den Gruß. Der Justizrat pflanzt seinen Stock hart auf den Erdboden auf und starrt die frohen Gesellen erbittert an. Wir bleiben stehen, bis der Zug vorbeidefiliert ist – es sind gewiss tausend Menschen.

Dann sehen wir einander an und gehen mit flüchtigem Gruße ein jeder seines Wegs. Wir können nicht länger miteinander reden. Denn er ist fürchterlich alt, verbittert und bekümmert. Und ich bin unsinnig jung und warm und froh und denke nicht im entferntesten an das Bestehende.

Summend geh' ich weiter in den Wald hinein und erkenne den Wald und mich selber wieder. Laut lache ich über den Zweifel, der vorher an mir genagt hat – aber wie hat es mir auch wohl einfallen können, dass der Frühling in diesem Jahr in Gestalt von tausend streikenden Malergesellen zu mir kommen würde!

Einer von Hunderttausend

Manchmal gehe ich nach Mitternacht mit Briefen zum Briefkasten.

Und wenn ich erst draußen bin, dann fesselt mich der schöne Sternenhimmel, den der liebe Gott Nacht für Nacht über uns ausspannt, damit wir Menschen nicht verzweifeln sollen, ob den immerwährenden Regengüssen am Tage.

Ich durchschreite die Straßen und komme an einem Laden vorüber, hinter dessen Fenster ich stets noch Licht sehe. Der Kaufmann da drinnen macht den Jahresabschluss. Er zieht Schubladen heraus und schiebt sie wieder hinein, zählt nach in Schachteln und Packen, notiert und addiert.

Ich kenne den Mann nicht und bin nie in seinem Laden gewesen. Ich mache mir auch nichts daraus, ihn je kennen zu lernen; denn es ist nichts Merkwürdiges an ihm. Es ist einer von Hunderttausend.

Das Gesicht ist eins von denen, die von früh bis spät darauf achten müssen, dass die Rechnung stimmt. Seine Augen sind scharf, wenn er etwas im Laden betrachtet; und sie sind blind, wenn der Blick auf die Straße schweift. Sein Rücken ist krumm geworden; zu oft hat er sich nach einem Nagel oder einem Stück Bindfaden gebückt. Seine Kleider sind so gekauft worden, dass sie sich lange hielten, und sie haben sich gehalten. Seine Wäsche ist nicht schmutzig und nicht rein, aber sein Taschentuch steht schlimm aus; denn er putzt sich die Nase nur, wenn niemand dabei ist. Natürlich ist er Mitglied eines Gesangvereins.

Heut Nacht ist er fertig geworden. Seine Bücher vor sich sitzt er da und raucht eine Zigarre, die er in einem fort drücken muss, damit sie Zug hat. Er denkt jetzt an nichts, denn er ist ja fertig.

Ich lege keinen Wert darauf, in seine Bücher zu gucken und die Bilanz zu sehen. Ich weiß recht gut, wie es darum bestellt ist. Sie ist nicht so, dass er sich erhängen wird – wie manch alter Arbeitsmann – oder in überseeische Länder reisen wird, wie der junge Adel. Sie ist auch nicht so, dass seine Stirn glatter davon wird. Er wird sich weiter bücken müssen nach einem Nagel oder einem Stück Bindfaden.

Jetzt nimmt er seinen Hut, verschließt die Bücher und dreht das Gas ab.

Und während ich nach Hause gehe, bin ich empört über die, die diesem Manne Böses antun wollen. Die ihm Predigten halten von seiner Sünde und Seligkeit. Die ihn an die Wahlurne schleppen, ihm Kunstverstand geben wollen.

Das Leben ist ein Karren. Dieser Mann zieht ihn.

Proletarier

Es regnet, wie es schon viele graue Tage hindurch geregnet hat.

Die ganze Gegend gleicht einer mit dichten, feinen Strichen überzogenen Zeichnung, auf der man die Gegenstände nur undeutlich gewahrt.

Ganz im Hintergrund ragen die Türme des Herrenhofs in die Wolken; und der Park, der selber eine schwarze Wolke ist, liegt auf der Erde. In der Mitte sieht man groß und verschwommen Schachfelder von Getreide und Gras, ein paar Bäume hier und dort und einen weißen Giebel, zwei Kühe, die mit dem Schwanz gegen das Wetter opponieren – zwei Schafe, die sich losgerissen und unter einer tropfenden Hecke versteckt haben.

Im Vordergrund sieht man den Weg, der in ein Gewässer verwandelt ist, und das Haus des Kätners mit dem baufälligen Schornstein, dessen Rauch man nicht wahrnimmt, weil der Regen ihn in der Röhre erstickt, und den Flieder, dessen Blüten herabgeweht und dessen Blätter schwarz vom Regen sind.

Es klingt, als ob Millionen von kleinen, winzigen Füßen über die Erde dahintrippelten.

– – Der Kätner öffnet seine Tür und tut einen breitspurigen Schritt in den Hof hinab. Dort bleibt er stehen und blinzelt in den Regen hinein.

Ein kleiner, alter, abgearbeiteter Bauersmann ist es, mit rundem Rücken, schiefer Gestalt und dünnen, tief eingeknickten Knien. Die grauen Haarbüschel flattern unter der zottigen Mütze hervor, die Augen sind wässerigblau und stumpf, der Mund ist zahnlos, das Kinn schwarz von Bartstoppeln und Kautabak.

Er schüttelt sich und schlürft in den großen Holzschuhen rings um den Giebel herum, durch den Gemüsegarten und die Kartoffeln zum Roggen hinaus.

Er gleitet aus auf dem schlüpfrigen Boden, so oft er sich bückt und eine Ähre pflückt. Aber er geht weiter, den halben Acker entlang, und bückt sich und pflückt.

Dann steckt er die Hände in die Tasche und starrt hin über seine zwei Tonnen Land ... alles Roggen, alles niedergeschlagen, alles ausgewachsen vom Regen.

Auf seinem Gesicht ist nichts zu sehen, als er zurückschlürft – längs des Ackers, durch die Kartoffeln und den Gemüsegarten, rings um den Giebel herum. Müde sieht er über den Weg hin, auf dem drüben eine Gestalt herankommt, öffnet dann die Tür zum Nebengebäude, spuckt aus und nimmt ein frisches Primchen, langt die Axt herab und beginnt, Brennholz zu zerhacken.

Die Tür steht offen; und vom Wege aus kann man sehen, wie seine Hand das Scheit auf den Block stellt. Dann lässt er los und umfasst die Axt mit beiden Händen. Der Hieb fällt, und die Stücke rollen herab; und langsam liest er auf, was in den Regen hinausgefallen ist.

Draußen steht einer und sieht ihm zu. Es ist der Wanderer, der nun bis an das Haus gelangt ist. Und als er eine Weile so als Zuschauer dagestanden hat, plantscht er über den Hof. Ohne Umstände geht er ins Haus hinein, stellt sich jenseits der Türe auf, wirft dem Manne einen stummen Blick zu und stiert in den Regen.

Und der Mann betrachtet ihn und denkt: was für ein garstiger Kerl das ist, ein richtiger Landstreicherlump! Nicht die Spur von einem Hemd auf dem Leibe und keine Knöpfe an Weste und Rock! An den Stiefeln gucken vorn die schmutzigen Zehen heraus, und das Haar starrt durch den Hutkopf hervor; die Trunkenboldsvisage ist halb im verlotterten Barte versteckt.

Doch dann fällt dem Bauer ein, dass man bei dem Wetter keinen Hund auf die Straße schickt. Und als jener ihm zunickt, nickt auch er und nimmt den nächsten Klotz vor.

Und wieder für eine Weile erschallen die Streiche der Axt in den Hof hinaus, in langen Zwischenräumen und durch den Regen gedämpft.

Dann wendet der Vagabund ein wenig den Kopf und betrachtet den Bauer, der seinen steifen Rücken beugt und das Brennholz mit den aufgesprungenen Händen zusammenliest. Das Gesicht des Landstreichers leuchtet auf in spöttischem Grinsen, und er sagt: »Dein Roggen ist weg. Verdorben ganz und gar. Mag die

Sonne von jetzt ab ununterbrochen bis Weihnachten scheinen, er ist und bleibt verdorben.«

Und er spricht weiter, schnell, eintönig, ohne die Antwort des andern abzuwarten oder zu beachten, als hielte er einen Vortrag oder läse aus einer Zeitung vor: »Für den Gutsherrn oben ist's nur Spaß – natürlich. Der hat Geld genug und kann immer welches in der Bank kriegen. Er lag im Fenster und grinste, als ich vorbeiging. Und spielte mit seinen Hunden. Aber du bist auf der Stelle fertig. Kannst keine Zinsen und Abgaben aufbringen. Vielleicht schmeißt er dich hinaus. Vielleicht lässt er dich noch ein Jahr auf der Folter.«

Der Bauer hat sich aufgerichtet und sieht dem andern unverwandt in die Augen. Und der Vagabund fährt fort. Das Grinsen hat sich über sein ganzes Gesicht ausgebreitet; er beugt sich vor, und seine Augen begegnen flammend denen des andern.

»Dann bist du ohne Grund und Boden und ohne Geldmittel. Kannst dich ins Armenhaus aufnehmen lassen. Oder kannst in die Hauptstadt gehn und da hungern. Oder kannst dich in Branntwein totsaufen. Und kannst lernen, das Gesindel der Besitzenden zu hassen und deine Fäuste parat zu halten für den Tag, wo wir sie aufknüpfen.«

Einen Augenblick schweigt er. Dann macht er eine pathetische Handbewegung.

»Ein herrlicher Regen! Ein gesegneter Regen! Mag bloß alles an der Wurzel verfaulen ...«

Mit einem Sprung ist er im Hofe draußen, eingeschüchtert durch des Bauern blutunterlaufene Augen. Der steht mit bebendem Mund in der Tür des Holzschuppens, die Axt mit beiden Händen krampfhaft umklammernd.

Dann lässt er die Axt los. Ein Holzscheit saust durch die Luft und trifft den Vagabunden am Arm.

Er fällt in den Morast, ist aber im Nu wieder auf den Beinen und läuft davon.

»Es lebe der Regen!« ruft er drüben vom Wege her.

Und der Bauer sammelt das Brennholz auf und wirft, fehlt und läuft weiter. Die Jagd geht den Weg entlang. Die höhnischen

Rufe des Landstreichers werden schwächer. Und der Regen zieht seine Striche, dichter und dichter, bis er die beiden aus der Landschaft ausgewischt hat.

Plauderei

1

Man sagt, unserer Zeit fehle die Begeisterung; und ich wage nicht zu leugnen, dass etwas Wahres daran ist. Aber ebenso, wie man unter hundert Menschen, denen der Besitz eines Großvaters zu großem Nutzen und zur Zierde gereicht hätte, einen treffen kann, dessen Blut dank seinen vielen Ahnen blass und dünn ist – so ist es gewiss auch mit der Begeisterung: Die vielen haben zu wenig davon und der eine hat zu viel davon.

So zum Beispiel in unserer Familie.

Da ist der Onkel. Er allein genügt wirklich, um der ganzen Familie Absolution für alle möglichen Gleichgültigkeits- und Versäumnissünden zu erwirken. Aber dann ist da noch ein Mensch, dem Onkels versöhnliche Eigenschaften völlig fehlen. Der Mensch heißt nur Petersen und ist bloß mit meiner Cousine verheiratet, sodass mein Bruch mit ihm nicht zu den größeren Familienskandalen gerechnet werden kann.

Vor einer Woche hielt er mich auf der Straße an, zog mich in einen Hausflur, nahm seinen Hut ab und steckte ihn mir in die Hand.

»Sieh ihn dir an,« sagte er. »Willst du den Filz beachten? Die Krempe? Das Schweißleder? Das Seidenfutter? Ganz modernes Fasson. Schick, wie? Ein ausgezeichneter Hut, elegant und solid ... Das sieht jeder Idiot. Was meinst du wohl, wie viel ich dafür gegeben habe?«

»Ich weiß es nicht,« erwiderte ich traurig. »Es ist mir auch ganz gleichgültig. Ich habe genug mit mir selbst zu tun. Allein das Aufbügeln meines Zylinders kostet mich in Jahr und Tag ...«

»Hol' der Henker deinen Zylinder!« schrie er. »Dieser Hut ... dieser starke, elegante, moderne Hut kostet drei Kronen ... drei Kronen. Du, der Hutmacher heißt Paulsen! Er wohnt in der Nörrebrogade; die Nummer weiß ich nicht mehr, aber es ist gleich vornean. Du musst mir versprechen, dir einen zu kaufen. Du musst für das Geschäft Propaganda machen. Wir müssen den Mann unterstützen. Drei Kronen für so einen Hut! Ich habe noch nie ein so gutes Geschäft gemacht!«

Wir trennten uns ... Gestern traf ich ihn wieder. Er war bleich, seine Augen schossen Blitze. Ohne ein Wort zu sagen, zog er mich in einen Hausflur, nahm seinen Hut ab und reichte ihn mir.

»Willst du mal sehen? Ich habe diesen Hut seit acht Tagen. Es hat ein bisschen darauf geregnet ... Ich nehme an, dass kein Hut durch so ein bisschen Regen beleidigt werden kann. Sieh mal, wie er ausschaut: Verschossen ist er und beschmutzt, und das Fasson hat er ganz verloren. Außerdem ist das Schweißleder losgegangen, und das Futter ist entzwei. Ich habe ihn bei einem Manne namens Paulsen gekauft ... Er wohnt gleich vornean in der Nörrebrogade. Ein regelrechter Schurke; verstehst du? Ich bitte dich, alle und jeden vor ihm zu warnen. Er lockt die Leute mit wahnsinnig billigen Preisen an. Jeder Idiot sieht, dass irgendein Bubenstück dabei im Spiele sein muss, wenn ein moderner Hut für drei Kronen offeriert wird. Nie im Leben bin ich so betrogen worden.«

Ich reichte ihm den Hut.

»Adieu, Petersen,« sagte ich. »Du hast Temperament. Das sieht jeder Idiot. Aber du greifst meine Nerven an. Ich kann deinen Umgang nicht vertragen.«

2

Ich habe einen Vetter, der mich hin und wieder besucht; warum, weiß ich nicht.

Spaß macht es ihm gewiss nicht; ich kann mir nicht denken, dass er an meiner recht wenig tiefsinnigen Natur Gefallen findet. Er selbst ist ein außerordentlich ernster Mensch; sein Bedürfnis, allen Dingen auf den Grund zu gehen, hat allgemach den Duft von seinem Dasein genommen.

Zunächst verlor er seinen Kinderglauben. Dabei würde ich mich nicht besonders aufhalten, wenn es ihm wie so vielen anderen gegangen wäre, dass dieser Glaube ihm nämlich eines Tages im Lebensgewirr abhandengekommen wäre und er ihn nicht hätte wiederfinden können. Aber er vergeudete ihn mit großem Lärm und agierte eine Seelennot, die die ganze Familie in Aufruhr versetzte und ihn sehr mager machte, ohne jemand anders fett zu machen.

Als er ein Jahr lang verheiratet war, begann er über den eigentlichen Grund nachzusinnen, warum er seine Frau liebe und sie ihn. Er konnte den Grund nicht finden; und da er so viel mit ihr darüber geredet hatte, lief sie natürlich mit einem Kapitän davon, der weniger philosophisch veranlagt war.

So geht es ihm immer. Wenn Wahl, ist, so ist der eine stets gewählt, bevor er sich entschließen kann, für den anderen zu stimmen. Kurz, er ist zu tiefgründig und kommt nie vom Fleck.

Vorgestern kommt er zu mir, setzt sich, wie er es zu tun pflegt, auf die Kante eines Stuhls und sieht mich an.

»Nun ist alles vorbei,« sagt er.

»Na ... endlich,« antworte ich. »Es hat auch schon lange genug gedauert.«

Er setzt seinen Hut auf den Fußboden, so wie die Leute es in den Novellen des jütischen Heidepastors Steen Steensen Blicher tun. Und dann fängt er an zu erzählen.

Er ist auf dem Lande gewesen und hat die Gänse betrachtet. Beim Ausruhen stehen sie auf einem Bein, sagt er. Das quält ihn. Denn so wie die Beine bei den Gänsen sitzen, können sie nicht auf dem einen ausruhen. Und doch tun sie es. »Damit ist das Gesetz der Schwerkraft aus der Welt geschafft,« sagt er melancholisch. »Es fängt hier auf Erden an böse auszuschauen. Den Trost der Religion hat man nicht mehr; und wenn man schon dadurch, dass man irgendwo steht und nachdenklich eine Herde Gänse betrachtet, seinen Glauben an etwas so Fundamentales wie das Gravitationsgesetz verliert, so möchte ich doch fragen, was dann noch übrig bleibt!«

»Die Gänse bleiben übrig, Vetter!« sage ich.

Aber er ist ja eine viel zu tiefe Natur, um mich zu verstehen.

Etatsrat Petersen.

Wie ist es möglich, dass noch keiner von den witzigen Dichtern unserer Tage auf den Gedanken gekommen ist, Etatsrat Petersen zu verherrlichen, diesen ausgezeichneten Mann, den wir alle kennen und lieben?

Damals, als Etatsrat Petersen seine neue Fabrik einweihte, lud er als smarter Geschäftsmann die Presse zu einer kleinen Festlichkeit ein; und die Presse, die auf Festlichkeiten versessen ist, entsandte ihre sämtlichen Spitzen zur Fabrik. Unterm Präsidium des Etatsrats wurde gegessen und getrunken. Beim Dessert erhob der Etatsrat sein Glas, darin der Champagner so flink perlte, wie man es bei dem Preise verlangen konnte, und brachte in tiefempfundenen Worten einen Toast aus auf die Presse, das achte Weltwunder, die Großmacht der Großmächte, ohne die nichts begonnen und vollendet werden und nichts gedeihen könne ... usw. Amen!

In der folgenden Zeit aber war Etatsrat Petersens Verhältnis zur Presse genau das gleiche wie früher: Er war tief ergrimmt auf die verfluchten Journalisten, die ihre Nase in alles stecken. Und während er beim Morgenkaffee die »Politik« und zum Frühstück im Café alle die andern Blätter liest, wütet er innerlich gegen diese Überschwemmung von Papier und gedenkt seufzend der guten alten Zeiten, als es nur den »Stadtanzeiger« gab.

Gegen ein Uhr überkommt den Etatsrat eine seltsame Unruhe. Er schickt den Bureaudiener hinunter, um die beiden Skandalblätter, die um diese Zeit erscheinen, beim Zeitungshändler zu holen; und er ist erst wieder ein normaler Mensch, wenn er die Sensationspresse in Händen hat. Erscheinen, die Zeitungen einmal ein wenig später, so ist er nervös und unmöglich. Hat der Diener eine von ihnen nicht bekommen können, so schickt er ihn durch die ganze Stadt, um sie aufzutreiben.

Natürlich macht sich der Etatsrat nichts daraus, diese Blätter zu lesen, die alles verhöhnen, was ihm teuer ist, und den Frieden des Privatlebens besudeln, den er heiliger hält als alles andere. *Er guckt bloß hinein, um seinem Unwillen Nahrung zu geben.*

»Haben Sie heute die ›Laterne‹ gelesen? Es ist zu arg, dass die Leute sich das gefallen lassen,« sagt er zu seinen Freunden.

Es mögen so viele Skandalblätter erscheinen, wie da wollen – der Etatsrat kauft sie alle. Denn seine Indignation ist gesund und stark und verlangt kräftiges Futter.

Der Arzt

Es ist Abend. Er sitzt allein in seinem Arbeitszimmer.

Langsam zieht er den Rauch seiner starken Zigarre ein, hebt sein Glas gegen das Licht, trinkt und schenkt sich mit fester Hand ein neues Glas ein.

Noch ist seine Hand fest.

Er weiß, dass der Wein und die Zigarre seine Kraft zerrütten. Aber er braucht dies Stimulans, müde wie er ist von der Arbeit des Tages und weit müder von dem, was er nicht fertiggebracht hat. Der Rausch befällt seine Gedanken, bindet sie und macht sie frei, wie er es wünscht.

Doch bis die Wirkung eintritt, geht's ihm schlecht ... in seiner Einsamkeit.

Er weiß, er arbeitet zu viel und genießt zu viel, steht zu spät auf und geht zu spät zu Bett ..., er sündigt gegen jedes Gebot der eigenen Dogmatik. Er ist Neurastheniker durch und durch. Die Schattierungen der nervösen Unruhe der Zeit versteht er alle, weil er selber leidender Teil ist ..., es ist seine Spezialität ...

Seines Lebens, seiner Ohnmacht müde, schaut er vor sich hin.

Wie viele leere Worte hat er heut wieder geredet! Wie oft hat er Hoffnungen geweckt, an die er selber nicht glaubt, wie oft hat er Warnungen ausgesprochen, die ihm selber nutzlos scheinen! Und rings in der Stadt glauben sie an sein Wort wie an ein Evangelium ...

Er möchte das Ganze aufgeben. Möchte sich ein Haus kaufen, irgendwo draußen bei den Bauern, solange es noch Zeit ist ...

Da läutet es an seiner Türe. Einen Augenblick später steht einer von den Großen des Landes in seinem Zimmer, zerrüttet und in Angst.

Der Arzt hat die Diagnose schnell gestellt: »Sie arbeiten zu viel und genießen zu viel. Es war hohe Zeit, dass Sie kamen. Ihr Nervensystem ist dem Ruin nahe. Wollen Sie meinen Rat befolgen, so suchen Sie noch morgen ein Sanatorium auf. Für einen – zwei – drei Monate Bettruhe ... strenge Diät, keinen

Wein, keinen Tabak, kein Buch ... am liebsten auch keinen Gedanken!«

Er knöpft an seinem Rock und geht im Zimmer hin und her, ruhig und gebieterisch und klug. Der große Mann seufzt, verspricht, alles zu befolgen, und verabschiedet sich.

Der Arzt fühlt sich wieder stark und sicher. Er zündet sich eine frische Zigarre an, leert vergnügt sein Glas und geht mit munterem Summen ins Theater.

Reiseskizzen aus Hamburg

Kommerzienrätliches

Täglich fährt er – mit Kutscher und Diener – bis zu einer Stelle an der Außenalster. Da setzen sie ihn ab und fahren wieder weg; sie tun's sehr ehrerbietig und bestimmt. Drohend fuchtelt er mit dem goldenen Knopf seines Stockes hinter ihnen her, schilt und schimpft; und in dem roten Kopfe quellen die Augen vor. Dann stolpert er auf den in Tuchstiefeln vergrabenen Podagrabeinen von dannen.

Die Sache ist die: Er *soll* zu Fuß nach Hause gehen.

Und nun weht ihm der Hut fort, geradeswegs in die Alster. Drei Zotteln, jede eine Viertelelle lang – sieben Haare in jedem Büschel – flattern wirr auf seinem Schädel umher und machen ihn total konfus. Ich fange die Zotteln hübsch ein, bringe sie zur Ruhe und setze ihm meinen Hut auf den Kopf.

»Ich danke,« sagt er – »aber Sie selbst?«

»Macht nichts,« sage ich. »Ich bin kahl.«

»Tausendmark,« stellt er sich mit anerkennender Miene vor. »Kommerzienrat Tausendmark.«

Ich bin ganz seiner Meinung, dass er mir eine große Ehre erweist, und möchte gern meinen Hut vor ihm abnehmen, kann das ja aber nicht, weil er ihn auf dem Kopfe hat. Er hängt sich in meinen Arm, und ich schleppe ihn ein Ende mit. Er hört heraus, dass ich Däne bin.

»Die Dänen sind gute Leute, aber –«

»Schlechte Musikanten,« sage ich.

Er grinst, und ich schleppe ihn weiter. Dann bleibt er stehen und sieht sich die Möwen an, lässt mich Fischchen kaufen und sie den Vögeln vorwerfen und ist seelenvergnügt.

»Sehen Sie doch die Dicke da,« sagt er. »Die mag sich nicht mal sattfressen. – Haben Sie Möwen in Dänemark?«

»Natürlich,« erwidere ich. »Kommerzienräte sind bei uns etwas Alltägliches.«

Es versetzt ihm einen kleinen Ruck, aber dann grinst er wie einer, der es dazu hat, hängt sich mir wieder ein und will weiter.

»Die Dänen sind gute Musikanten –«

»Aber schlechte Leute,« sage ich. »Nun muss ich gehen.«

»Sie wollen gehen? Wohin wollen Sie ... warum können Sie mich nicht noch ein Stückchen begleiten ...?«

»Ich will drüben in den Laden und mir einen Hut kaufen,« bemerke ich.

»Ja, aber ... wollen Sie nicht ... es wäre wohl angemessener ...«

»Danke, wenn Sie meinen.«

Er gibt mir meinen Hut, langsam, unwillig und stolpert dann ohne Gruß mit auf und ab gondelndem Rücken über die Straße zum Hutmacher.

Der Heldenliebhaber

Auf der elektrischen Bahn komme ich ins Gespräch mit ihm, wir steigen an derselben Haltestelle aus und gehen zusammen die Straße entlang. Er ist glücklich über jede Schürze, die er sieht, bleibt stehen und starrt die Weiblein an.

»Nette Zicken,« sagt er.

Mir scheint, sie sehen schon eher wie Elefanten aus, ich behalte aber natürlich meine Meinung für mich.

Dann kommt da ein Berg von einer Vierländerin angegangen, den Blumenkorb am Arm. Mein Begleiter wird ganz wild und stürzt auf sie los.

Ob sie mit ihm gehen will ... mit ihm zu Abend essen ...

Sie ist nicht abgeneigt, erklärt aber bestimmt, dass sie erst ihre Blumen verkauft haben muss. Nach einigem Feilschen einigen sie sich dahin, dass die Blumen zwei Mark fünfzig Pfennig wert sind. Er macht den Korb leer, hat aber kein kleines Geld. Drum gibt er ihr ein Zehnmarkstück, darauf kann sie wieder nicht herausgeben. Sie geht also in einen Laden, um wechseln zu lassen, und wir warten.

»Zicke das!« sagt er glücklich.

Aber die Zicke kommt nicht wieder. Nach einer Weile begeben wir uns in den Laden und erfahren, dass sie mit den zehn Mark und der ganzen Geschichte durch eine andere Tür durchgebrannt ist.

Jetzt gerät er in die wildeste Raserei. Er will das Zicklein der Polizei anzeigen.

»Nicht doch,« sage ich bestimmt. »Sie haben für sieben Mark fünfzig unglücklich geliebt und müssen Ihr Schicksal tragen wie ein Mann. Ich kenne Leute, die ihr Lebensglück bei derlei eingebüßt haben und doch nicht zur Polizei gegangen sind.«

»Danke Ihnen,« erwidert er giftig. »Wollen Sie mir meine zehn Mark wiedergeben?«

»Sieben Mark fünfzig,« verbessere ich. »Sie vergessen die Blumen. Unglückliche Liebhaber übertreiben so gern. Aber die 7,50 sollen Sie bekommen. Ich bin Mitglied des radikalen Klubs von Kopenhagen und bin's gewohnt, auf dem Altar der Idee zu opfern, ohne kleinliche Rücksicht auf den persönlichen Vorteil.«

Ich reiche ihm ein Zehnmarkstück.

»Sie wissen doch, ich kann nicht herausgeben? sagt er.

»So gehen Sie in den Laden und lassen Sie wechseln,« sage ich.

Er geht. Mir kommt eine gute Idee, und ich laufe, so schnell meine Beine mich tragen.

Die soziale Frage

Unter den Bekanntschaften, die ich hier unten gemacht habe, gebe ich den Vorzug unbedingt den großen Hunden, die vor die Milchwagen der Stadt gespannt sind. Ein Hund zieht, und hinten schiebt ein Mann und hetzt das Tier mit lautem Ruf. Wenn der Mann in die Häuser hinaufgeht, so bewacht der Hund die Milch. Er sieht drohend und bissig aus, aber er hat einen Maulkorb vor, denn beißen darf er ja nicht.

Überall begegne ich diesen Hunden und denke oft darüber nach, ob sie mit ihrem Lose wohl unzufrieden sind, ob sie einen Fachverein haben usw. Aber was würde alles Fragen nützen!

Ein gutgekleideter Herr erfährt von einem Milchhunde nicht mehr als von einem anderen Arbeitsmann.

Da komme ich eines Tages an den Hafen.

Etwa fünfzig Milchwagen stehen in dichtem Klumpen beisammen. Die Runde ist gemacht, die Leute sitzen in ihren Schenken hinter dem Glase. Die Hunde aber liegen angespannt im Geschirr, jeder vor seinem Wagen.

Ich habe noch nie so viele große Hunde beisammen gesehen.

Ihre Augen sind halb geschlossen, die Zunge hängt ihnen zum Maule heraus, die starken Zähne funkeln. Die Frühlingssonne scheint auf sie und die blanken Milcheimer nieder.

Da mit einem Male sind sie vollständig wach, alle, wie sie da sind.

Ein winziger *Black-and-tan*-Terrier ist – Gott weiß von woher – auf den Platz gekommen. Er ist so geputzt und fein, so unnütz und lächerlich. Um den Hals hat er eine blauseidene Schleife, zierlich setzt er die Pfoten auf die Stellen nieder, wo der Boden rein ist; wichtig wittert sein bisschen Schnauze nach den Mittieren hin ...

Ein Nu, und die fünfzig großen Arbeitshunde stürzen in rasender Wut auf ihn zu. Rasselnd fahren die Wagen gegeneinander, die Eimer klirren und fallen herunter, den ganzen Hafen füllt Hundegebrüll.

Aber sie haben Maulkörbe vor und können nicht beißen. Ein paar von den Männern eilen aus den Schenken herbei, es regnet Peitschenhiebe und Schimpfworte, der geputzte kleine Hund schleicht zitternd fort, den Schwanz zwischen die Beine geklemmt; und der Friede auf dem Platze ist wiederhergestellt.

In Smaaland

Branntwein

Der Dorfgasthof lebt nicht von den Gästen. Der Besitzer weiß kaum, wie viel er für ein Bett nehmen soll; und der Wunsch, ein Mittagessen zu bekommen, setzt ihn in peinliche Verlegenheit.

Er lebt vom Schnapsverkauf und herrscht mit seinem Privilegium mehrere Meilen weit im Umkreis.

Punkt acht Uhr verschließt er am Abend seine Tür und trottet zu dem kleinen Gehöft hinüber, das er in der Nähe besitzt, während er den Gasthof seinem »Fräulein« überlässt.

Eines Abends saß ich auf der Veranda. Es war zwei Minuten nach acht. Da sah ich eine kleine, junge Tagelöhnersfrau kommen, um für ihren Herrn und Gemahl den Trank des Vergessens zu kaufen.

Ich habe in meinem Leben viele betrübte Gesichter gesehen, aber keins, das so traurig war wie das ihre, als der Mann den Schlüssel vor ihrer Nase umdrehte.

»Du kommst zu spät,« sagte er.

Sie sah ihm nach, wie er sich langsam entfernte. Er machte sich nicht viel aus seinem Geschäft ... eine Konkurrenz war ja doch nicht vorhanden. Vielleicht machte ihn dann dieses Bewusstsein zum Moralisten, und er dachte: gut, dass wir dem Manne der kleinen, jungen Frau diesen Rausch erspart haben. Dergleichen kommt vor! Die Moral geht auf seltsamen, billigen Wegen in die Leute ein.

Ich aber las auf dem Gesicht der kleinen, jungen Frau von den Prügeln, die sie kriegen würde, weil sie zu spät gekommen war. Vielleicht hatte sie die Zeit bei der Nachbarin verbracht. Vielleicht war sie auf dem langen Wege durch den Tannenwald eingeschlafen ...

Ich lief dem Schnapsmanne nach. Ich wolle eine Flasche Portwein haben ... vom besten. Er war die Liebenswürdigkeit selbst und ging mit mir zurück. Und die kleine, junge Frau schlüpfte durch eine Türspalte mit hinein; sie bekam ihre Kanne Branntwein und eilte heimwärts.

Während das Dunkel zunahm, sah ich ihr nach.

Ich war mir vollkommen klar darüber, dass ich etwas Unmoralisches begangen hatte. Und ich war sehr glücklich. Es kümmerte mich nicht, ob ihr Anders oder Karl heut Nacht seinen ganzen Verstand vertrank. ...

Ich hebe das Glas und trinke meinen grässlichen Portwein auf das Wohl der Unterdrückten.

Göran

Den halben Tag bin ich zwischen den ewigen Steinen umhergegangen und hinter mir Göran, der mein Wegweiser ist und mein Ränzel trägt. – Heute hab' ich es satt. So geht es mir, selbst wenn ich am Meere wohne und in den Dünen liege und sehe, wie die Wolken treiben. Auf einmal erscheint mir das Meer dumm und leer, und die Wolken sind mir unerträglich. Ich gäbe das alles hin für ein bisschen banale Musik, für eine Zeitung, für einen Spaziergang durch die Verkehrsstraßen der Hauptstadt.

Wir kommen an Häusern vorbei, die schlafen. Die vornehmen roten haben weiße Fensterrahmen und eine Veranda, und die anderen sind armselig und grau. Wie wir so dahingehen, sehen wir dicht vor uns ein hohes zweistöckiges Haus mit einem Balkon.

Die Balkontür ist geöffnet. In der Stube dahinter ist Licht; und dort, wo das Licht in die helle Nacht hineinströmt, stehen zwei Menschen dicht aneinandergelehnt.

»Was ist das?« frage ich.

»Das ist der Gasthof,« sagt Göran.

Ich sitze am Wegrande und betrachte die beiden auf dem Balkon. Ihre Züge kann ich nicht erkennen, aber ich weiß, dass es junge Menschenkinder sind. Jetzt lachen sie ... und jetzt küsst er sie.

Göran gafft mich an. Der Gasthof ist unser Ziel; und er begreift nicht, dass jemand so nahe am Ziele sich zur Ruhe setzen kann. Es gibt aber Leute, die das tun, guter Göran.

»Wie schön die da oben sind!« sage ich.

Göran fängt an, von den beiden zu erzählen. Sie wohnen seit einer Woche in dem Gasthof, und niemand kennt sie.

»Das sind wohl Neuvermählte?« sage ich.

Göran schneidet eine Grimasse, und auf seinem Gesicht liegt ein ungeheuerer Hohn.

»Die sind nicht verheiratet, ganz sicher nicht,« sagt er.

»Warum sollten sie denn nicht verheiratet sein?«

Er spuckt seinen Kautabak aus, zieht die Hosen hoch und schüttelt den Kopf.

»Sie rennen ja in den Wald und küssen einander ... sie küssen einander im Garten ... und auf dem Wege ... Die sind nicht verheiratet, ganz gewiss nicht.«

Göran, Göran ... dein Beweis ist kurz und bündig. Aber wie kommt ein Mann wie du, der sich so tief vor seinem Pfarrer verneigt, wie kommt ein solcher Mann dazu, eine so grauenhafte Salve gegen die heilige Ehe abzufeuern?

Ein Lichtstrahl

Ich saß auf einem Felsblock neben einem alten Häusler, der mein Gepäck für mich trug.

Wir halten Rast, denn ich bin müde. Er natürlich nicht. Für ihn ist's nur ein Spiel und Spaß, gegen gutes Entgelt mit dem winzigen Ränzel über Stock und Stein zu laufen. Verdiente er seinen Tagelohn immer so leicht, so würde er jetzt anders aussehen.

Denn er ist in sich zusammengesunken, wie der es zu sein pflegt, der die Rast hinnehmen muss, wenn sie sich bietet. Sein Rücken, seine Beine, seine Finger sind längst so gekrümmt, wie die Fronarbeit es erfordert. Sein Blick ist erloschen; denn er hat nichts, was ihn fesseln könnte.

Ich denke an ihn und an mich selbst, denke an mein eigenes, schönes, stolzes Freiheitsleben, darin keine geistige Regung mir fremd bleibt. Ich kann meine Fähigkeiten bis zu ihrer äußersten Grenze ausnützen, kann lieben, begehren, bewundern. Ich kenne das Glück und das Unglück. Ich habe Augen zu sehen und sehe und verlasse mich auf meine Augen. Ich kann kämpfen und bin meiner guten Sache gewiss.

Dagegen sein von Geburt an verkrüppeltes Dasein, sein winziger Horizont, seine armselige Genügsamkeit, seine Angst, seine Demut, sein traumloser Schlaf!

Es quält mich, hier neben ihm zu sitzen. Gleich mir ist er zur Welt gekommen durch zweier Menschen Vermählung. Er ist mit den gleichen Organen ausgerüstet wie ich. Er ist mein Bruder ... Und doch kann ich mich besser mit meinem freien, munteren Hunde unterhalten als mit ihm.

Schweigend sitzen wir da. Denn in der Stimmung, in der ich bin, vermag ich ihn nicht zu fragen, wie viele Kinder er hat, und wie die Ernteaussichten sind, vermag ich nicht, herablassend zu sein, wie die Menschen es nennen. Und als wir da so sitzen, da sagt er plötzlich, ohne sich dabei zu bewegen oder aufzublicken: »Heute kommt Dreyfus an Land.«

»Ja,« sage ich, ebenso still.

Ein Augenblick nur, und ohne viele Erklärungen sind wir einander nahe gekommen, sind wir einander gleich geworden.

Ich weiß nicht, welcher Zeitungsfetzen die alte Häuslerseele mit Dreyfus bekannt gemacht hat; vielleicht ist's ein recht erbärmliches Blatt, schlecht redigiert, in schlechtem Druck.

Aber es *hat* doch ein Licht angezündet und in der dunklen Hütte des Häuslers, in seiner Armut und Unkenntnis Helligkeit verbreitet.

Freude ergreift mich, weil auch ich ein Mitarbeiter bin an diesem Kulturwerk. Und ich bitte Gott, mich davor zu bewahren, dass ich je so alt, makellos und gewissenhaft werde, die Lichter löschen zu wollen.

Der Vorhang fiel – –

Zum Dichter kam eine Frau, die er geliebt und verlassen hatte.

»Was willst du?« fragte er.

»Ich will dich der Treulosigkeit anklagen,« entgegnete sie. »Sieh, ich verwahre noch den Handschuh, den du vor sieben Jahren bei mir vergaßest. Dem Rosenstrauch, den du mir schenktest, gebe ich jeden Abend Wasser mit meinen Tränen. Deine Morgenschuhe stehen unter meinem Bett, dein geringfügigstes Wort lebt mir im Gedächtnis. Du aber hast mich vergessen. Für dich ist's, als hätte ich nie gelebt. Froh küssest du andere Frauen.«

»Reich mir deine roten Hände,« sagte der Dichter.

Hastig legte sie die Hände auf den Rücken und wurde sehr bleich, während ihre Augen flammten.

»In hundert Versen hast du ihre Weiße besungen.«

»Zieh das Kleid über deinen großen Fuß hinunter,« sagte der Dichter.

Da stampfte sie auf den Boden und konnte nicht sprechen vor Wut.

»Pfui, deine Lieder haben meinen kleinen Fuß in der Welt berühmt gemacht. Jeder Knecht singt sie seinem Mädel vor.«

Doch der Dichter schüttelte den Kopf und sah sie verwundert an.

»Liebe, was willst du mehr? Du warst eine Küchenfee, und ich machte dich zur Herzogin.«

Das Übernatürliche

Großmutter wollte ein großes Essen geben.

Gar emsig traf sie alle Vorbereitungen, nahm die Sachen aus den Schränken, wischte den Staub davon ab und stellte sie beiseite. Zusammen mit Jungfer Jörgensen tat sie es, die seit ihrer Hochzeit ihr Faktotum war.

Nicht *einen* Dessertteller ließen die beiden passieren, ohne ihn an allen Ecken und Kanten in Augenschein zu nehmen, nicht ein altes Stück, ohne wieder einmal seine Geschichte zu erzählen. Sie schlugen die Hände zusammen vor Entsetzen über eine abgestoßene Stelle, die bisher keine von ihnen gesehen hatte, stießen laute Wehrufe aus über das Ungeschick der Mädchen und rühmten eine gewisse Marie, die einmal vor vielen Jahren im Hause gedient hatte und nie wieder zu ersetzen gewesen war.

Großmutter war eine vortreffliche Dame, und sie war hübscher als alle anderen ihrer Gattung. Aber sie hatte ja ihre Grenzen. Alles, was z. B. Zahl hieß oder mit Rechnen und Ausrechnen zusammenhing, das begriff sie nicht; und sie lernte es auch nie, damit fertig zu werden.

Sie war sich ihrer Schwäche vollauf bewusst, liebte es aber nicht, wenn jemand darauf hinwies. Und sie wollte sich ganz und gar nicht darein finden, dass ihr etwa einer ihrer Bedienten in diesem Punkte überlegen wäre.

Sicherlich war das auch der Hauptgrund, warum Jungfer Jörgensen der Fixstern an ihrem Haushaltungshimmel war. Denn wenn Jungfer Jörgensen bis fünf zählen konnte – weiter kam sie sicherlich nicht.

Müde setzte sich Großmutter auf den Rand eines Stuhles.

»Die Frau Generalin sollten sich eine Ruhepause gönnen,« sagte Jungfer Jörgensen. »Ich geh' jetzt das Sächsische holen.«

dass aber Großmutter ausruhen sollte, während das sächsische Porzellan unterwegs war, das war undenkbar. Es war der kostbarste Besitz des Hauses.

Und sie nahm einen Stapel Teller und ging in den langen, dunklen und engen Gang, der das Esszimmer mit der Schrankstube verband. Sie hörte, wie die Jungfer Jörgensen drüben vom anderen Ende her mit dem Sächsischen herannahte.

»Warten Sie, Jörgensen, damit kein Unglück geschieht,« rief sie ihr zu. »Halten Sie sich links, und ich gehe rechts. Dann zähle ich; und wenn ich *drei* sage, gehen wir rasch aneinander vorbei.«

»Wenn Frau Generalin drei sagen ...,« erwiderte die Jörgensen.

Und Großmutter zählte mit lauter Stimme: »Eins ... zwei ... drei ...«

Ein entsetzliches Krachen ertönte.

Großvater kam in seinem Schlafrock herbeigestürzt; und als er die Bescherung sah, lachte er, dass ihm die Tränen die Backen hinabliefen.

Großmutter aber lachte nicht. Und Jungfer Jörgensen auch nicht.

Die beiden standen da, hielten jede ihr Stearinstümpfchen in der Hand und starrten einander an und starrten die Scherben an.

»Sind *Sie* links gegangen, Jörgensen?«

»Ja, ich versicher' es Ihnen beim leibhaftigen Gott ...«

Großmutter hätte keinem anderen geglaubt, der Jungfer Jörgensen glaubte sie.

Aber als ein Jahr nach dem anderen verstrich und sie weniger und weniger begriff, wie das grauenhafte Unglück passiert sein konnte, da tauchte der Zweifel immer wieder auf, so oft sie die Jörgensen sah.

Dann wurde Großmutter zuerst immer unruhig, darauf aber still und schweigsam, bis sie plötzlich ihre Augen scharf auf die Jungfer heftete.

»Sind Sie links gegangen, Jörgensen?«

»Jawohl, bei meiner Seele Seligkeit.«

Und Großmutter seufzte tief und gab es wieder einmal auf, diesem Mysterium auf den Grund zu kommen.

»Ja, es gibt mehr Dinge zwischen Himmel und Erde, als unsere Schulweisheit sich träumen lässt,« flüsterte sie.

»Da sagen Frau Generalin ein wahres Wort,« stimmte Jungfer Jörgensen ihr bei.

Es blasen ...

»Es blasen die blauen Husaren ...«

Sich im Sattel wiegend, den Säbel an der Seite, den Tschako an der Schnur, den Schnurrbart keck emporgezwirbelt: So kommen sie daher.

Die Trompeten schmettern. Die Sonne bescheint die schmucken Uniformen. Aller Verkehr auf der Straße stockt, aller Augen ruhen auf den braven Kriegern; die Gassenjungen scharen sich zusammen und gehen mit.

Plötzlich steht der Trupp.

Und doch ist nicht Halt! kommandiert worden; und niemand weiß, was los ist. Die Husaren recken sich in den Steigbügeln und gucken, die Leute sammeln sich an und stellen sich auf die Zehen. Dann wird alles totenstill, und durch die Stille klingt eine Stimme, eine ganz unmilitärische Stimme; aber sie ist stark und hell und gebieterisch.

Sie redet von der Bürde und Verzweiflung des Krieges; von dem, was er Tag für Tag vernichtet, wenn auch kein Blut fließt; von dem, was sich für das Geld, das er verschlingt, schaffen ließe, was mit den Armen, die er lähmt, auszurichten wäre.

Die Stimme erzählt von den Heimstätten ringsum ... Und während sie immer stärker und eindringlicher redet, ändert sich die Haltung der Husaren allgemach. Sie fallen zusammen, ohne darum jedoch wie kleinere Männer auszusehen. Sie lösen die Riemen, sie halten den Säbel, als wäre er eine Wagenpeitsche ... Ihre Augen schauen grüne und gelbe Felder. Und selbst die Pferde sinken ein, bewegen sich hin und her und gucken nach der Seite, als sähen sie sich nach einem Pfluge oder einem biederen Mistwagen um.

Jetzt erhebt sich die Stimme zu übermenschlicher Kraft. Sie verkündet, dass der Krieg abgeschafft ist, und dass alle christlichen Monarchen auf Europas Thronen einen Bund geschlossen haben. Sofortige allgemeine Abrüstung ist befohlen.

Die Husaren springen, von den Pferden. Mit eifrigen Händen schnallen sie die Säbel ab; der unnütze Kram fliegt rasselnd aufs Pflaster, die mit Schnüren besetzten Dolmane werden in die Luft geworfen. Im Handumdrehen sind die strammen Krieger in eine Schar kräftiger Bauernburschen verwandelt.

Da ertönt ein alles übertäubender, vielstimmiger Weiberschrei. Er kommt von der Straße her und aus den Häusern, aus Kellern und Dachkammern. Und hervor stürzen sie ... die Komtesse Klara aus der Amalienstraße, Frau Laura aus der Breiten Straße und Madame Mortensen aus der Bürgergasse ... die Köchin Maren und das Stubenmädchen Karen und die Näherin Liese und die Amme Marie und die kleine Anna aus der Wasserstraße.

Sie fallen über die Husaren her, umarmen sie, küssen sie, fluchen und beschwören sie. Sie ziehen ihnen den Dolman an, schnallen ihnen den Säbel um und halten ihnen den Steigbügel.

Bevor man's begreifen kann, steht das ganze Regiment wieder in der alten Ordnung da, sich im Sattel wiegend, den Säbel an der Seite, den Tschako an der Schnur, den Schnurrbart keck emporgezwirbelt.

»Es blasen die blauen Husaren ...«

Eine kleine Geschichte

Charles ist ein Jungfernkind.

Sein Vater ist Gott weiß wer und Gott weiß wo; seine Mutter ist nur eine kleine Näherin, die in ihrem Dachstübchen fleißig die Maschine tritt und wohl gern einmal versucht, vom trügerischen Leben ein bisschen Sonnenschein und Feiertag zu erzwingen.

Vielleicht hatte ein schöner Lenz die beiden zusammengeführt – oder vielleicht waren dem lieben Gott, der viel klüger und besser ist, als die Pastoren glauben, die guten alten Zeiten eingefallen, wo die Pastoren noch gar nicht erfunden waren. Das lässt sich nicht entscheiden; denn der liebe Gott ist verschwiegen, und Charles' Vater ist Gott weiß wer und Gott weiß wo, und seine Mutter ist nur eine kleine Näherin.

Mag es nun sein, wie es wolle – Charles ist ein wunderhübscher Knabe mit seinen acht Jahren. Alle Menschen wissen, welche Bewandtnis es mit ihm hat; aber er macht sich nichts aus ihrem Mitleid oder ihrer Geringschätzung. Seine kräftigen kleinen Fäuste wissen tapfer zu kämpfen und flink zu spielen; und sein Blondkopf begreift in der Schule froh und schnell, was er lernen soll.

Er besucht eine der städtischen Anstalten, in denen Schulgeld zu zahlen ist; und gleich nach seinem Eintritt ist er in seiner Klasse Primus geworden. Den zweiten Platz hat Peter, der frühere Primus, inne. Der mag sich anstrengen, soviel er will – es nützt nichts, er kann Charles nicht wieder überflügeln.

Peters Vater und Mutter sind natürlich richtig verheiratet; und bessere Eltern als sie kann es nicht geben. Sie halten ihren Jungen zur Ordnung und Redlichkeit an und tun, was sie können, um ihm die Wege zu ebnen. Und während es häufig vorkommt, dass Charles auf der Straße umherlaufen muss oder auf der Treppe sitzt und schläft, bis seine Mutter nach Hause kommt, kann Peter seine Aufgaben alle Tage in einer schönen, ruhigen Stube machen, und er liegt jeden Abend um neun Uhr in seinem schönen, sauberen Bett ...

Da rief eines Tages der Inspektor Charles zu sich und sagte so milde, wie es sich in solchen strengen Räumen machen lässt: Wenn Charles am nächsten Morgen nicht die Krone bringe, die er als Schulgeld zu bezahlen habe, so müsse er in die Freischule übertreten. Denn er sei schon zu oft im Rückstand gewesen, und so könne es nicht weitergehen.

Charles versprach auch, die Krone zu bringen; als er aber am nächsten Morgen kam, hatte er keine. Da sagte der Inspektor, am Tage darauf müsse er in die Freischule eintreten. Charles ging nach Hause; und weil die Wohnung verschlossen war, setzte er sich auf die Treppe und hing seinen traurigen Gedanken nach.

An diesem Nachmittag nun ereignete sich etwas höchst Merkwürdiges.

Der liebe Gott und der Teufel hatten eigentlich gar manches zu tun. Aber sie ließen alles fahren und eilten beide in die Vorstadt hinaus, in der Peter wohnte.

Zuerst kam der Teufel, setzte sich neben Peter hin, der gerade seine Schulaufgaben machte, und gratulierte ihm dazu, dass er jetzt Primus werden würde, wenn Charles die Schule verlasse; denn von den anderen Jungen könne ihm ja niemand den Rang streitig machen. Darauf lief der Teufel zu Peters Vater hin, der auf der Werkstatt war, und einigte sich mit diesem dahin, dass die Freischule mehr als gut genug für so ein uneheliches Kind sei, das eigentlich gar nicht mit den Kindern ordentlicher Leute zusammen sein dürfe.

Der liebe Gott erschien erst später am Abend; denn unterwegs traf er sehr viele, die mit ihm sprechen wollten. Er fand Peter schon im Bett; aber er setzte sich neben ihn und erschien dem Kinde im Traum. Er sagte, Peter werde ja dadurch, dass Charles in eine andere Schule komme, durchaus nicht klüger und tüchtiger; und wenn man nur selber tüchtig sei, dann sei es sehr schön, dass es einen noch Tüchtigeren gebe; und Charles sei tüchtiger; aber Peter könne gar nicht wissen, ob er in der Schule so flink vorwärtskommen würde, wenn es ihm so schlecht gehe wie Charles ... und so fort. Und dann ging der liebe Gott zu Peters Vater hinein und sprach mit ihm, sprach von Jugend und

Glück, grünen Zweigen und kleinen Kindern und davon, was sich für einen Mann gezieme, der seine Frau stets lieb gehabt habe.

Am nächsten Morgen fragte Peter seinen Vater, ob er Charles nicht die Krone geben dürfe, die dieser für die Schule brauche. Und das Wunderbare war, dass Peters Vater die Krone schon hervorgenommen und in schönes weißes Papier gewickelt hatte, genau so, wie er es mit Peters Schulgeld zu tun pflegte.

Noch viel wunderbarer aber war es, dass Charles an diesem Morgen ganz ruhig in seine Schule ging, obschon er keine Krone hatte, bloß weil er gar nicht begreifen konnte, dass er fort solle. Und als der Inspektor traurig den Kopf schüttelte, da kam Peter mit der Krone herbeigeschlichen und setzte sich wieder auf den zweiten Platz; und nun war alles in Ordnung.

Diese kleine Geschichte hat der, der sie hier erzählt hat, nicht selber erfunden. Wenn man absteht von den Bosheiten gegen die Pastoren – die entstammen nur der großen Liebe des Erzählers zu Gott, der seine Sonne scheinen lässt auf Charles' Vater, von dem niemand etwas weiß, und auf seine Mutter, die nur eine kleine Näherin ist, und auf Peter und seine Eltern und die Pastoren – wenn man davon absteht, so hat sich alles wirklich so zugetragen, wie es hier erzählt ist.

Lügen

Auf dem Gut wurden Gäste zu Tisch erwartet.

Die Mutter quälte sich mit ihrem Seidenmieder ab; dem Vater machte der weiße Schlips zu schaffen. Der kleine Karl steckte längst in seinem Staate und ging hin und her, in beständiger Angst, sich schmutzig zu machen.

»Ich glaube, ich höre einen Wagen unten am Weg,« sagte aufgeregt der Vater. »Das sind natürlich Reimers ... die kommen immer zu früh ... Karl, spring hin und sieh, ob sie's sind ... eine große, alte grüne Kutsche ... mit einem Rappen und einem Fuchs ...«

Karl lief. Durch den Garten hinunter, auf den Hügel ... ja gewiss ... Vater hatte recht gehört ... da kamen Reimers ... eine große, alte grüne Kutsche ... mit einem Rappen und einem Fuchs ...

Der Vater fuhr in den Frack, Mutter lief an die Treppe; drei Haken im Mieder waren noch offen.

Aber niemand kam.

Es war klar, Karl hatte gelogen. Er bekam Prügel, durfte bei Tische nicht mit dabei sein und wurde später noch lange für einen Jungen mit gefährlichen Instinkten gehalten.

Jetzt ist er bald fünfzig. Und noch immer möchte er einen heiligen Eid darauf leisten, dass er sie wirklich gesehen hat, die große, alte grüne Kutsche mit dem Rappen und dem Fuchs, die der Vater auf die Chaussee gezaubert hatte, und die doch nicht kamen.

Blut

Nackt und hässlich lag der Platz da in seinem Morast von Schnee und Schmutz. Auf drei Seiten umgab ihn ein geteerter Bretterzaun mit vielen Schneeballspuren, die vierte Seite nahm des Schulhauses schmutziggelbe Mauer mit den breiten Milchscheiben ein; und in der Ecke drüben stand eine lange, schmale Holzbank ohne Lehne.

Auf der Bank saß ein zwölfjähriger Junge und verzehrte sein Schulbutterbrot.

Er hatte einen großen Kopf mit dickem Mund, krummer Nase und roten, wässerigen Augen. Seine dünnen Beine staken in Kniehosen und allzu weiten Wasserstiefeln und schaukelten hin und her; sie schlugen aneinander in dem Schnee und ruhten nicht eine Sekunde lang. Gierig verzehrte er das Butterbrot, das er in der linken Hand hielt, und zog die Augenbrauen hoch empor, so oft er zubiss. Seine rechte Hand zerknüllte das Butterbrotpapier zu einer Kugel.

Eine schwarze Katze strich vorsichtig über den Platz. Einen Augenblick stand sie still und betrachtete den Jungen, nieste und war in zwei Sprüngen auf der Bank und auf dem Bretterzaun. Der Junge wendete den Kopf, als er ihre Krallen auf dem Holze kratzen hörte.

»Husch!« sagte er und warf die Papierkugel hinter ihr her. Biss dann einen neuen Bissen von seinem Brote ab, sank im Rücken zusammen, kaute und starrte zur Dachtraufe hinüber.

Da brach mit einem Mal ein donnernder Sturm auf der Treppe los. Zwölf, dreizehn Knaben hüpften, sprangen und stürzten in den Morast hinaus, tanzten wie besessen umher, heulten und schrien und schwenkten die Mützen.

»Keine Rell'jon heute! ... Ich konnte keine Bohne von dem Liede! ... Der todkranke Herr Petersen, hoch soll er leben! ... Nichts auf fürs nächste Mal!«

Sie waren mitten auf dem Platze angekommen, als sie den Burschen gewahrten, der da auf der Bank saß und aß. Wie der Blitz durchfuhr ein Gedanke ihre Gehirne: Da saß der Jude, der nie mit in der Religionsstunde war ...

Der Junge krümmte sich unter ihrem Blicke, sank noch mehr in sich zusammen und wurde so klein, so klein. Seine Augen weiteten sich; unwillkürlich hörte er auf zu kauen.

»Der Jude!« schrie einer. Und es folgte ein vielstimmiges, höhnisches Gebrüll: »Mauschel! Mauschel!«

Ein Nu – und ein Regen von Schneebällen fiel auf die Ecke hinab. Klatschend sauste der schwere Tauschnee gegen den Zaun, der unter dem Ansturm erbebte. Der Judenjunge war aufgestanden, doch gleich fiel er auf das eine Knie nieder. Er bedeckte sich mit den Armen – die Mütze war ihm vom Kopfe, das Butterbrot aus der Hand geschlagen worden.

Sie ließen sich nicht Zeit, um nach der Wirkung ihrer Salve zu sehen, sondern griffen mit Juchhei nach mehr Schnee. Ihr Gebrüll durchschnitt ein verzweifelter, wahnwitziger Schrei drüben aus der Ecke: »Meyer ist auch Jude!«

»Das ist gelogen! Wir sind getauft!« schrie Meyer.

Und im selben Augenblick legte er all seine Wut in einen Wurf. Und im selben Augenblick sprang der kleine Judenjunge wie eine Feder empor, stand aufrecht auf seinen dünnen Beinen, ballte die Fäuste und ging auf den Schwarm zu.

Meyers Schneeball hatte ihn mitten ins Gesicht getroffen. Seine Nase blutete, das eine Auge war ganz zugeklebt. Doch das andere starrte für zwei ... starrte auf Meyer hin. Ein neuer Schneeball traf ihn an der Schläfe, er achtete nicht darauf. Er puffte einen der Jungen beiseite, packte einen anderen am Arm, um schneller vorwärtszukommen, stolperte, fiel, sprang wieder auf und ging weiter, bis er dicht vor Meyer stand.

Dann richtete er sich auf und spuckte ihm zweimal ins Gesicht.

Es wurde totenstill auf dem Platze. Die Knaben standen wie Bildsäulen da ... der eine vornübergeneigt, die Hände in den Schnee ausstreckend ... einer mit krummem Rücken, den Kopf zwischen den Schultern und mit beiden Händen den Ball umklammernd ... ein anderer zurückgebeugt, den Arm zum Wurfe erhoben ... alle mit geöffnetem Munde und stockendem Atem; und aller Augen waren auf den Judenjungen geheftet.

Dann fielen die Schneebälle lautlos zu Boden. Die Jungen reckten sich auf und sprangen vor. Fast ein Dutzend geballter Fäuste bedrohte Meyers Gesicht: »Du rührst ihn nicht an, Meyer ...«

Ein Fenster klirrte oben im Schulhause.

»Plagt euch der Teufel, Jungen? ... Wollt ihr wohl ruhig sein!«

Gleich darauf ging das Spiel seinen lustigen Gang über den Platz weiter. Auf der Bank saß der kleine Judenjunge. Er hatte sein Butterbrot aufgerafft, biss große Stücke ab, trocknete hin und wieder mit dem Rücken seiner Hand das Blut im Gesicht und starrte zur Regentraufe hinüber.

Kinder

Dienstagmorgen bekam Karl Scharlachfieber, und am Mittwoch war die Reihe an Else.

Sie lagen im Kinderzimmer, und niemand durfte zu ihnen hinein... am allerwenigsten Hans. Der Arzt kam Tag für Tag; die Vorhänge waren heruntergelassen, und das Ganze machte einen furchtbar feierlichen Eindruck.

Am Abend nahm Mutter den Hans zu sich und erklärte ihm die Sache.

Es werde längere Zeit dauern, bis Karl und Else ihr Zimmer wieder verlassen dürften; und man müsse sehr vorsichtig sein; denn das Scharlachfieber sei eine fürchterlich ansteckende Krankheit. So ansteckend sei es, dass niemand von ihren Tellern oder mit ihren Löffeln essen, niemand sich mit ihrem Schwamm waschen oder sich an ihren Handtüchern abtrocknen dürfe.

Das alles interessierte den Hans über die Maßen. Er starrte auf die geschlossene Tür, getraute sich aber nicht, ihr nahezukommen. Er lauschte; kein Wort drang von drinnen zu ihm heraus.

Die Zeit verging, und die beiden begannen zu genesen.

Hans hörte, wie sie in ihrem Zimmer lachten und lärmten. Es wurden Zinnsoldaten für sie gekauft und ein Farbkasten und allerhand Bilder. Sie bekamen Beefsteak mit Spiegeleiern und Porter und Wein. Eines Tages guckte Hans durchs Schlüsselloch und sah, wie die beiden am Tisch saßen und malten und sich offenbar dabei sehr wohl befanden.

»Sind sie wieder gesund?« fragte er.

»Es geht ihnen besser,« erwiderte die Mutter. »Aber sie schälen sich, und dann ist die Ansteckungsgefahr am größten. Darum müssen wir gewaltig auf dich achtgeben.«

Hans lag in seinem Bettchen und überdachte die Sache. Im Schlaf träumte er von Beefsteak und Spiegeleiern und Farbkästen und Zinnsoldaten. Gleich wachte er aber wieder auf und sann und sann.

Als es tiefe Nacht war und alle im Hause schliefen, stand er auf und schlich sich auf bloßen Füßen zu jener Türe hin. Er öffnete sie und guckte hinein. Da lagen Karl und Else und schliefen aufs prächtigste. Auf dem Tische standen der Farbkasten und die Zinnsoldaten.

Da ging er zum Waschtisch hin, nahm den Schwamm der beiden, wusch sich tüchtig damit und trocknete sich an ihrem Handtuche ab; dann schlich er zu seinem Bettchen zurück und schlief ein, voller Hoffnung und in lichte Träume versinkend.

Das Schlimmste

Drei kleine Jungfern in hellen Kleidern, eine weiß, eine rot und eine blau, sitzen und nähen in Pastors Laube. Die Sonne bescheint sie, die Vögel singen ihnen ein Lied, die Blumen senden süßen Duft in ihre unschuldigen Näschen.

»Das mit Thoras Bräutigam ist so entsetzlich,« sagt die Weiße.

Die Blaue und die Rote sehen sie fragend an, aber sie schüttelt den Kopf: »Es ist so entsetzlich, dass ich's nicht sagen kann.«

Sie sitzen ein Weilchen und schweigen und nähen.

»Die Männer sind auch wirklich entsetzlich,« sagt die Rote dann. »Wisst ihr ... Friederikens Mann ...«

Und sie stecken die Köpfe zusammen, und leise erzählt sie von Friederikens Mann.

»Mit Thoras Bräutigam das ist viel schlimmer,« sagt die Weiße.

Die Blaue beginnt: »Johannas Vater ...«

Wieder sind die Köpfe beisammen, während die Blaue sich das fürchterliche Geheimnis vom Herzen herunterredet.

»Thoras Bräutigam ist viel, viel schlimmer,« sagt die Weiße. »Er ist so schlimm, wie man überhaupt sein kann!«

Alle drei möchten vergehen. Ihre jungen Herzen klopfen. Die Hände haben sie gefaltet.

Und dann steht die Weiße auf.

»Kommt ... kommt zu den Nusssträuchern, dann werde ich's sagen.« Sie werfen das Nähzeug hin, nehmen einander bei der Hand und laufen ... durch den ganzen Haselnussgang bis in den entlegensten Winkel. Sie verkriechen sich in der Hecke und kauern sich nieder, so dicht zusammen wie Hühner bei Regenwetter.

»Kommt näher,« sagt die Weiße.

Ihre Köpfe bilden einen Klumpen. Die Blaue und die Rote machen große Augen und haben den Mund offen. Die Weiße schließt die Augen, während sie es flüstert: »Er ist *Freidenker*.«

Andacht

Oluf ist ein braver, frommer kleiner Junge. Er tut stets, was Vater und Mutter ihm sagen; und er weiß recht gut, dass droben im Himmel unser Herrgott sitzt und alles mit ansieht. Abend für Abend, sobald er im Zuber gewesen ist, kniet er vor seinem Bettchen nieder, faltet die reinen Hände, blickt zur Decke auf und spricht das Abendgebet, das seine Mutter ihn gelehrt hat.

Aber jetzt zu Weihnachten ist sein Vetter Franz zu Besuch, und das ist bei Weitem kein so guter Junge wie Oluf. Er tut fast alles, was er nicht tun darf, und wird den lieben langen Tag gescholten.

Er läuft auf die Straße und prügelt sich mit den Gassenjungen. Er macht der alten Marie eine lange Nase und stiehlt Zucker aus dem Büfett. Nie trocknet er sich die Füße ab, und im Bett führt er Gefechte mit den Kissen auf. Er ist ein entsetzliches Leckermaul und drückt sich vorm Waschen, so oft er nur kann.

Heut hat er den Kanarienvogel so lange gefoppt, bis der beinahe gestorben wäre. Er hat Olufs Flitzbogen entzweigerissen und der Katze eine Kasserolle an den Schwanz gebunden. – –

Jetzt ist er im Zuber gewesen, und auch Oluf ist drin gewesen.

»Gute Nacht, Kinder,« sagt Mutter. »Vergesst mir nur ja euer Abendgebet nicht, und dann legt euch hübsch schlafen.«

Damit geht sie.

Oluf kniet nieder und beginnt, sein Verschen herzusagen:

»Müde bin ich, geh' zur Ruh',
Schließe meine Äuglein zu.
Vater, lass die Augen dein
Über meinem Bettchen sein!«

»Bäh! – du Affe!« ruft Franz drüben von seinem Bett her.

Oluf sieht hinüber. Das Maß erscheint ihm voll. Und er erhebt die gefalteten Hände, so hoch er reichen kann, und sagt: »Lieber Gott ... willst du nicht einen Augenblick warten, bis ich dem Franz eins hinter die Ohren gegeben habe?«

Im Nu ist er drüben bei Vetter Franz und gibt ihm eine fürchterliche Backpfeife.

Dann kniet er wiederum nieder, faltet die Hände, blickt zur Decke auf und fährt fort:

»Hab' ich unrecht heut getan,
Sieh' es, lieber Gott, nicht an!
Mach' mich ganz von Sünden rein,
Lass mich ganz dein eigen sein.«

Ein Geschäftsmann

Dem Hans ist ein Zahn ausgezogen worden. Er hat nicht geschrien, und deshalb hat ihm der Arzt ein Fünfundzwanzigörestück gegeben. Nun sitzt er in der Schule und zeigt das Geldstück seinem Nebenmann, dem Peter.

»Ist das wirklich wahr?« fragt Peter.

»Gewiss ist es wahr!« sagt Hans. »›Das sollst du haben, weil du ein so tüchtiger Junge bist.‹ so hat er zu mir gesagt.«

Peter besieht sich das blanke Geldstück. Bei ihm zu Hause regiert Frau Sorge. Nie im Leben hat er ein Fünfundzwanzigörestück sein eigen genannt. Er kann sich gar nicht denken, dass es so leicht zu erwerben sein soll, wie Hans erzählt.

Am nächsten Tage sitzt er im Wartezimmer des Zahnarztes zwischen den anderen.

Die Mütze hält er auf den Knien; und er gibt genau acht auf das, was er sieht. Einer nach dem anderen verschwindet hinter der Tür und kommt kurze Zeit danach wieder heraus. Alle sehen bekümmert aus, wenn sie hineingehen, und froh beim Zurückkommen.

Das dürfte passen, denkt Peter. Nun hört er drinnen jemand schreien. Es ist ein Mädchen, natürlich. Sie flennt noch, als sie wieder herauskommt.

Die kriegt keine fünfundzwanzig Öre! denkt Peter.

Endlich ist die Reihe an ihm. Er setzt sich in den Stuhl und sperrt den Mund auf.

»Wo ist denn der schlimme Zahn?« fragt der Arzt.

»Der da,« sagt Peter und zeigt auf einen hin.

Der Arzt untersucht den Zahn mit aller Sorgfalt.

»Dem fehlt ja nicht das Geringste,« sagt er.

Sofort zeigt Peter auf einen anderen.

»Der ist auch ganz gesund, mein Junge,« sagt der Arzt.

Da zeigt Peter auf einen dritten ... einen vierten ... und fünften. Der Arzt schüttelt bestimmt den Kopf. Es ist kein Tadel an Peters Zähnen.

Peter kämpft mit den Tränen. Er hat es sich ja gedacht, dass es misslingen würde. So ein armer Junge wie er würde nie ein Fünfundzwanzigörestück bekommen.

Verzweifelt sieht er den Zahnarzt an und sagt schluchzend: »Sie dürfen nehmen, welchen Sie wollen, Herr Doktor, wenn ich nur die fünfundzwanzig Öre bekomme.«

Der Zahnarzt veranlasst ihn, die ganze Geschichte zu erzählen.

»Peter,« sagt er dann, »du bist ein großer Dummkopf, denn ein guter Zahn ist viele, viele Fünfundzwanzigöre wert. Aber du bist doch auch wiederum ein tüchtiger Junge, und darum sollst du deine fünfundzwanzig Öre haben. Nur musst du mir versprechen, es niemand zu erzählen, denn sonst riskiere ich wahrhaftig, dass mir mein Geschäft zugrunde gerichtet wird.«

Die kleine Hanne

Die kleine Hanne hat einen Großvater, der genau so gut ist, wie Großväter zu sein pflegen. Auch Hanne selbst ist durchaus nicht schlimmer, als kleine Mädchen gewöhnlich sind.

Aber sie liebt es nicht, Großvater guten Morgen zu sagen. Vielleicht langweilt es sie, dass das so feierlich geschehen soll. Vielleicht findet sie es sinnlos, weil Großvater immer so spät zum Vorschein kommt und der Morgen längst vorbei ist, wenn er erscheint. Vielleicht sind andere Gründe vorhanden. Hanne selber schweigt sich aus. Sie macht bloß Unsinn, und eines Tages streikt sie ganz unverhohlen.

»Hannchen sag Großvater schön guten Morgen!«

»Der arme Großvater ist so traurig, wenn Hannchen ihm nicht guten Morgen sagen will.«

»Hannchen ist ein recht hässliches Mädchen, dass sie dem lieben Großvater nicht guten Morgen sagen will.«

Hanne kneift den Mund zusammen. Ihre Lippen sind kalt wie Eis.

Mutter ist am Ende ihrer Kunst. Vater wird gerufen und wendet die Mittel an, die ihm zu Gebote stehen, aber ohne den geringsten Erfolg. Da fängt Großvater an, ärgerlich zu werden. Alle sind darin einer Meinung, dass es so nicht weitergehen könne. Die Situation ist unhaltbar, und es muss eine Lösung gefunden werden, damit Hanne nicht andauernd die Oberhand behält.

Großvater tritt in seine Stube und kommt mit einem verlockenden Kuchen zurück.

»Wenn Hanne jetzt ein liebes Mädchen sein und dem alten Großvater hübsch guten Morgen sagen will, soll sie den schönen Kuchen da haben.«

Alle halten den Atem an in starker Spannung. Hanne desgleichen. Sie starrt auf den Kuchen. In ihren Augen funkelt's, und ihr Mündchen zittert.

Es ist ein wunderschöner Kuchen ...

Und sie klärt die Angelegenheit wie ein ausgelernter Diplomat, streckt die Hand hin und sagt vollkommen ruhig und freundlich: »Guten Morgen, Kuchen.«

Vorbei

Marie hat sehr üppiges Haar, das rot ist wie Feuer und ihren Kopf wie eine Lohe umsäumt. Die Mädchen in der Schule zeigen mit Fingern nach ihr und rufen »Rotkopf« hinter ihr her. Dann weint sie und ist todunglücklich.

»Ich mag mein rotes Haar nicht mehr,« sagt sie zu ihrer Mutter.

Die kämmt und sticht ihr das reiche Haar und faltet ihr die Händchen zum Abendgebet.

»Dein rotes Haar hast du von Gott,« sagt sie. »Du musst hübsch brav sein und es behalten.«

Am folgenden Tage hat Marie fürchterliche Zahnschmerzen.

Sie schreit und stampft auf den Fußboden, und des Jammers ist kein Ende. Mutter nimmt sie auf den Schoß und tröstet und beruhigt sie.

»Nun musst du still und geduldig sein und warten, bis es vorübergeht,« sagt sie. »Denk nur daran, dass *der liebe Gott* dir die Zahnschmerzen gegeben hat. Der nimmt sie dir auch wieder, wenn's ihm richtig scheint.«

Marie hält an, mitten im Heulen, und starrt und starrt zur Mutter hin.

»Hab' ich auch die Zahnschmerzen von Gott?« fragt sie.

»Gewiss.«

Sie gleitet von der Mutter Schoß hinunter und setzt die kleinen Füße unglaublich fest auf den Boden.

»Mutter,« sagt sie, »nun will ich nichts mehr wissen von ihm.«

Betrug

Svend soll in die Schule kommen.

Er ist ein bisschen kleinlaut infolgedessen, aber das Fräulein versichert ihm, dass die Schule die lustigste Sache von der Welt sei. Pferdchen zu spielen, einen Drachen fliegen zu lassen, Mutter Märchen erzählen zu hören, mit Vater zum Bahnhof zu fahren ... das alles möge so schön sein, wie es wolle. Hundertmal schöner und lustiger aber sei es, lesen und schreiben zu lernen.

Am ersten Tage erscheint Svend in der Schule mit sehr großen Augen und die Seele voll froher Erwartung. Das Ganze dauert nur eine Stunde, und enttäuscht geht er heim.

Am nächsten Tage ist er gleich sehr misstrauisch. Er hegt zwar noch die Hoffnung, dass das Lustige ja noch kommen könne; aber es ist nur eine ganz leise Hoffnung; und er sieht sich total enttäuscht.

Am dritten Tage bleibt er ganz fort.

Eingehende Nachforschungen werden angestellt, doch ohne Resultat. Erst als die Schulstunde endgültig vorüber ist, kommt Svend wieder zum Vorschein. Auf alle Fragen, warum er nicht zur Schule gegangen sei, antwortet er ruhig, dass er lieber in den Wald habe gehen wollen.

Das Fräulein erzählt ihm, dass es noch nie von einem kleinen Jungen gehört habe, der in den Wald statt zur Schule gegangen sei. Sie zieht ihn ganz dicht an sich und sieht ihn mit tiefbetrübtem Blick an. Svends Augen sind nicht minder ernst als die ihren.

»Du hast gesagt, es sei so lustig!« hält er ihr entgegen.

Sie aber erzählt ihm, dass aus einem kleinen Jungen, der lieber in den Wald als zur Schule gehe, nie etwas Großes werden könne. Sie versichert ihm, sein Vater sei nie aus der Schule fortgeblieben. Sie tischt ihm alle die Lügen auf, die wir für die Kinder bereithaben.

Svend hört ihr gar nicht zu. Er weiß, was er weiß, und beharrt auf seinem Recht. Fest und vorwurfsvoll sieht er das Fräulein an und antwortet immer dasselbe: »Du hast gesagt, es sei so lustig!«

Weltuntergang

Weit da draußen unter den Bauern, unter denen ich lebe, geht der Tag seinen regelrechten, einförmigen Gang. Ein jedes Ding geschieht zu seiner Zeit und hat seine Ursache. Man hat keinen Anlass, davon ein großes Gerede zu machen, denn alle wissen es und verstehen es.

Nicht einer hebt den Kopf des Dienstags und des Freitags gegen drei Uhr, wenn drüben durch den Hohlweg ein Wagen dahinrattert. Das ist der Bäcker. Es kann nichts anderes sein als der Bäcker. An denselben zwei Wochentagen um fünf Uhr ist's der Metzger. Des Freitags um sieben Uhr ist's der Biermann. Täglich um zwölf Uhr kommt der Postbote ... Er ist sehr pünktlich, denn er isst bei Lars Olsen zu Mittag. Am Mittwochvormittag erscheint der Frachtmann aus der benachbarten Stadt.

Das alles hat seine Ordnung wie der Auf- und Untergang der Sonne. Deswegen braucht man die Augen nicht aufzureißen, denn das ist so gewesen von der Erschaffung der Welt an, und es kann nie anders werden.

Natürlich ... wenn ein Automobil angefahren käme, dann würden alle das weglegen, was sie gerade in den Händen hätten, und würden sich aufstellen und das Ungetüm angaffen und die Sache untereinander erörtern.

Und natürlich: Bekäme die Sonne eines Abends den Einfall, im Westen hängen zu bleiben und nicht unterzugehen, dann würden ja alle in Furcht geraten und sich auf dem Hügel versammeln und den Weltuntergang proklamieren.

Der kleine Jens ist wie die anderen; es wäre ja auch nicht ersichtlich, wie er hätte anders werden sollen.

Er ist demselben Boden entsprossen und sieht dieselben Dinge um sich her. Zu jeder Tageszeit hat er seinen Platz im Hofe, im Garten, auf dem Felde, am Strande, draußen auf dem Wege; und die erwarteten Begebenheiten treffen ein. Er wächst ohne Überraschungen heran und ohne Enttäuschungen.

Da aber erschien das Automobil.

Dieses Automobil war ich; denn eines Tages bezog ich seiner Mutter beste Stube.

Ich sah anders aus als die anderen und hatte so eigentümliche Kleider auf dem Leibe ... Eigentlich recht lächerliche Kleider, fand Jens. Ich beschäftigte mich mit den merkwürdigsten Dingen; und was ich sagte, war nicht zu verstehen. Stundenlang saß ich und schrieb oder las. Damit vergeudete niemand unter den anderen Bekannten des Jens seine Zeit. Manchmal saß ich auch halbe Tage am Strande und gaffte, wenn nicht einmal der kleinste Nachen da war, nach dem man hätte gaffen können. Manchmal machte ich weite Gänge und hatte doch nicht das Geringste zu besorgen.

Und Jens ließ seine tägliche Welt fahren und begann, mich zu beobachten.

Jeden Morgen in der Frühe, wenn ich zu meiner Tür hinausging, lief ich in seine festen Augen und seinen offenen Mund hinein. Eines Morgens bekam ich den Einfall, ein Stück Brustzucker in diesen Mund zu stecken.

Jens war ein wohlerzogener Junge, und er war vorsichtig.

»muss ich Danke! sagen?« fragte er mit dünner Stimme.

Es waren die ersten Worte, die ich aus seinem Munde hörte, und ich war gerührt. Nein, nein, er brauchte wirklich nicht Danke! zu sagen. Ich dachte nicht daran, noch eine Bürde auf seine jungen Schultern zu legen, da er hier ein so stilles, schweres Dasein führte und sich Lebensweisheit anzueignen schien.

Die Tage vergingen, schnurgerade und einförmig wie immer. Eine Woche verstrich, ein Monat ... und noch einer. Der Postbote kam täglich um zwölf Uhr, der Bäcker des Dienstags und des Freitags um drei Uhr, der Metzger an denselben Tagen um fünf Uhr, der Frachtmann am Mittwochvormittag, der Biermann Freitag abends um sieben Uhr und der Brustzucker Morgen für Morgen.

Eines Morgens aber hatte ich keinen Brustzucker. Und da ging die Welt unter.

Ich hatte mich ein Ende weit vom Hause entfernt, als ich mich umwandte, durch lautes Gebrüll erschreckt.

Es war Jens. Breitspurig stand er auf seinen kleinen Beinen da; er hatte Tränen in den Augen, und im Munde steckten die Finger der einen Hand. Erschüttert bis auf den Grund seiner Seele schrie er: »Siehst du denn nicht, dass ich an den Fingern lutsche ...«

Sonntagsschule

Jedes Kind, das in die Sonntagsschule kommt, muss einen Öre für die Armen mitbringen. Maries Vater aber ist reich, darum gibt er ihr immer zwei Öre mit.

Marie liebt die Sonntagsschule nicht. Da ist's ihr zu langweilig. Und sie findet, sie habe an den sechs anderen Tagen schon Schule genug.

Um nun aber doch etwas davon zu haben, kauft sie sich stets für den einen Öre Bonbons. Den anderen liefert sie gewissenhaft bei dem Fräulein ab.

Und während das Fräulein vom lieben Gott erzählt, der so gut ist und alle braven Kinder so lieb hat, lutscht Marie heimlich an ihren Bonbons.

»Der liebe Gott sieht alles,« sagt das Fräulein. »Er blickt bis in unsere Herzen hinein und liest unsere geheimsten Gedanken. Wenn wir etwas Unrechtes tun, wovon sonst kein Mensch etwas weiß – der liebe Gott oben im Himmel sieht es und behält es im Gedächtnis bis an den jüngsten Tag.«

Als das Fräulein ausgeredet hat, soll gebetet werden. Sie spricht die Worte laut vor; und alle die kleinen Hände falten sich, und alle die kleinen Münder sprechen die Worte nach.

Auch Marie hat ihre Hände gefaltet. Ihre starken Augen blicken zur Decke hinauf, und sie flüstert: »Lieber Gott! Es nützt nichts, wenn du auch böse bist über meine Bonbons. Denn wenn ich die nicht hätte, dann käme ich gar nicht hierher.«